나는 로봇 커뮤니케이터
켄타로

요시후지 켄타로 지음
권경하 옮김

늘봄

오리이연구소(オリィ研究所)

일본 및 국제특허출원 중인 '디지털 투명 문자판'

오리이연구소 창업 멤버. 왼쪽부터 저자, 시이바, 유우키 씨

'사람'과 '사람'을 이어 주는 분신로봇 OriHime

OriHime(오리히메)는 로봇입니다. 그러나 인공지능은 탑재되어 있지 않습니다.

왜냐하면 OriHime를 조정하는 것은 '사람'이기 때문입니다.

- 질병이나 신체적인 문제 때문에 외출하지 못하는 사람
- 직장 때문에 가족과 멀리 떨어져 생활해야 하는 사람
- 정신적인 이유로 학교를 다니지 못하는 사람
- 육아나 간병, 혹은 부상 때문에 출근하지 못하는 사람

저마다의 이유로 가고 싶은 곳에 가지 못하는 사람들에게 또 다른 육체나 분신이 되어주는 것이 OriHime입니다. OriHime에 장착된 카메라 · 마이크 · 스피커를 통해서 멀리 떨어진 곳에 있는 소중한 가족이나 친구들과 마치 함께 있는 것처럼 소통할 수 있습니다.

OriHime의 특징

1. 쉬운 사용법

사용자의 PC나 스마트폰에 OriHime가 보고 있는 전경이 나옵니다. OriHime의 머리를 상하 좌우로 움직여서 주변을 돌아볼 수도 있습니다. 사용자의 음성을 현장에 전달하는 것은 물론 '거수'와 '박수' 등으로 다양한 의사표현을 대신 해줍니다. 이 모든 것을 아주 간단한 조작으로 진행할 수 있습니다. 또한 손이 불편하신 분은 눈을 맞추는 것으로 조작할 수 있고, 키보드로 문장을 입력하면 음성모드로 전환되는 것 등 누구나 쉽게 OriHime를 조정할 수 있습니다.

2. 사용자의 분신

일본의 전통 가면을 본떠 만든 얼굴은 OriHime 주변에 있는 사람들에게 사용자의 표정이나 존재감을 자연스럽게 상상할 수 있게 합니다. OriHime와 함께 있는 사람들이 CCTV나 영상통화와는 전혀 다른, 마치 '조작자와 같은 공간에 있는' 듯한 느낌을 가질 수 있습니다.

3. 다양한 감정표현

초기에 설정되어 있는 10가지 동작과 자유롭게 움직일 수 있는 팔 동작을 이용해 대화에 참여할 수 있으며, 사용자의 다양한 감정을 표현해낼 수 있습니다. 감기로 목소리를 낼 수 없을 때, 또는 회의 중에 고개를 끄덕이는 것만으로도 사용자가 대화나 회의에 참여하고 있다는 느낌을 표현할 수 있습니다.

OriHime 활용 사례

학교 출석 : 병이나 큰 부상으로 장기 입원하거나, 혹은 정신적인 이유 등으로 학교에 출석할 수 없는 학생들은 OriHime를 대리 출석시켜 수업을 받을 수 있습니다.

직장 출근 : 병에 걸렸거나 가족의 간병 때문에 외부 활동이 어려운 사람도 OriHime를 회사에 대신 출근시킬 수 있습니다. OriHime가 과외를 대신 받을 수도 있고, 통역사 등 많은 일을 맡을 수도 있습니다.

해외에서 열리는 친구 결혼식 참석 : 소중한 사람의 결혼식인데 도저히 참석하기 어려울 때도 OriHime만 참석시키면 실시간으로 축복해줄 수 있습니다.

루게릭병 환자의 대화 툴 : 모든 근육을 움직이지 못하게 되는 루게릭병(근위축성측색경화증, Amyotrophic Lateral Sclerosis) 환자도 눈동자를 움직여서 의사를 전달할 수 있습니다. 시선으로 OriHime를 조정해서 문자를 입력하거나, 문자가 음성으로 전환되는 기능을 통해 친구나 가족들과 대화를 나눌 수 있기 때문입니다.

가족과 함께 지내기 : 멀리 떨어져 있는 보고 싶은 손자손녀나, 여러 가지 이유로 함께 지내지 못하는 가족도 OriHime가 있으면 마치 함께 지내는 것 같은 느낌을 얻을 수 있습니다.

나들이하기 : 침대에서 일어나지 못하는 사람도 분신 OriHime를 밖으로 대신 내보내 꽃구경을 할 수도 있고, 여행은 물론 원하는 곳을 마음대로 나들이 할 수 있습니다.

신체적 문제로 먼 거리 왕래가 어려운 사람들이 자유롭게 바깥나들이를 할 수 있으며, 보고 싶은 사람을 만날 수도, 사회생활에도 적극적으로 참여할 수도 있게 됩니다. 몸을 옮기지 못해도 마음을 옮기는 이동수단, 그런 미래를 실현하기 위해 OriHime가 탄생했습니다.

OriHime 발전 과정

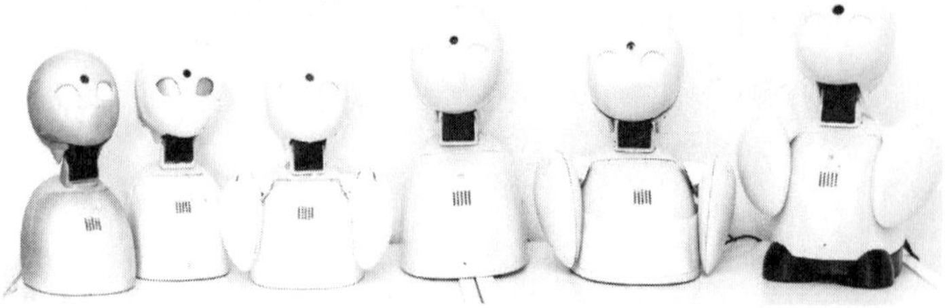

2010년 7월 Orihime O호 탄생, 인간형 오리히메(직녀)
2011년 3월 Orihime 소형버전
2012년 1월 Orihime 인형 외관, 켄타로이드
2013년 8월 Orihime 베타
2013년10월 Orihime 감마
2013년12월 Orihime 감마 II
2014년 2월 Orihime 인간형 오리히메 2
2015년 1월 Orihime 델타
2015년 3월 Orihime 감마 델타
2015년 7월 Orihime 엡실론
2015년 8월 Orihime 감마 엡실론 I
2015년12월 Orihime 감마 엡실론 II
2016년 2월 Orihime 감마 엡실론 III
2016년 7월 Orihime 제타

※ 주식회사 오리이연구소 http://Orihime.orylab.com

아! 꿈이 부서지지 않도록 …

요시후지 켄타로(吉藤健太朗)를 응원합니다

OriHime는 로봇이 아닌 나 자신입니다. 나의 눈이며, 나의 입이며, 공간을 넘어서 소중한 가족과 친구들과의 대화를 실현시켜주는 내 몸의 일부입니다.

- 전 메릴린치일본증권 회장 후지사와 요시유키(藤澤義之)

아킬레스건이 끊어져 입원한 병원의 침대 위에서 요시후지 씨를 처음 만났습니다. 결국 저는 OriHime 1호 사용자가 되었습니다. 고독을 해결하기 위한 그의 '열정'과 세계를 바꾸고야 말겠다는 그의 '알 수 없는 자신감과 생각하는 힘'에 완전히 매료되었습니다. 이렇게 앞뒤를 생각하지 않고 돌진하는 사람을 만나기란 쉽지 않습니다.

- 주식회사 이버네스 대표이사 CEO 마루 유키히로(丸幸弘)

아직 대학생이던 그의 프레젠테이션을 처음 들었을 때 콘셉트에 대한 흥미를 갖기 전에 '아! 꿈이 부서지지 않도록 어른들이 도와줘야겠다.'고 느꼈습니다. 왜 그랬을까요? 주변 사람들이 그를 돕고 싶어 하는 가장 큰 이유는 그가 관련된 모든 사람들의 마음을 진심으로 '설레게' 하기 때문입니다.

- 사회복지법인 진세이사(人生社) 에도가와 병원 암면역센터장

아케보시 토모히로(明星智洋)

요시후지 군은 고등학교 2학년일 때 제가 프로듀서였던 JSEC라는 과학기술경진대회에 출전했고, 그때 그를 만났습니다. 그는 문부과학대신상을 수상하며 미국에서 열린 세계대회에 일본 대표로 출전해 3등상을 받았습니다. 와세다대학교에 진학한 후에도 띠 동갑인 나이 차이를 넘어선 친구로서 깊은 우정을 나눴습니다. 지금도 계속 연락을 주고받는 '요시후지 켄타로'를 누구보다도 자랑스럽게 생각합니다.

- 일반사외법인 켄키재팬 대표이사, 주식회사 XPJP 대표이사

소셜 디자이너 와타나베 켄이치(渡邉賢一)

요시후지 켄타로 군의 높은 뜻에 감명 받았습니다. 정열과 높은 뜻을 가진 오리이연구소를 앞으로도 응원하겠습니다.

- 주식회사 하마노제작소 대표이사 CEO 하마노 케이이치(浜野慶一)

여러분 OriHime는 '진짜로 사람과 사람을 이어 주는 로봇'입니다.

- 주식회사 유그레나 대표이사 이즈모 미츠루(出雲充)

난치병인 루게릭병은 환자들이 안락사를 선택할 정도로 가혹한 병입니다. 환자가 무엇보다 두려워하는 것은 의사소통이 막혀 영원히 고독을 감수해야 하는 일이라고 합니다. 오리이 군은 환자를 죽이는 것은 질병이 아니고 고립당하는 일이라고 했습니다. 그래서 '그런 환자들을 그냥 내버려둘 수는 없다.'고 생각하고 있습니다.

- 논픽션 작가 카와구치 유미코(川口有美子)

오리이 씨와 처음 만난 날을 기억합니다. 스스로 디자인한 '검은 백의'로 몸을 감싸고 논리정연하게 아이디어를 말할 때 지나가는 바람처럼 몰아치는 모습이었습니다. 그 바람은 결코 잔잔한 바람이 아니었습니다. 그것은 상쾌하면서도 태풍이 지나간 후의 푸른 하늘처럼 눈부신 빛을 발하기 위한 바람이었습니다.

- 주식회사 선마크출판 이사 스즈키 나나오키(鈴木七沖)

오리이연구소가 만들어지고 몇 년 지났지만 오리이 씨의 비전은 한 치도 흔들리지 않았습니다. 오리이 씨의 열정은 우리 회사의 최고 자산입니다. 누구든지 '만나러 갈 수 없었던 사람이 만나러 갈 수 있도록' 더 좋은 OriHime를 함께 만들어갑시다.

- 주식회사 오리이연구소 공동창업자, 최고정보책임자

시바 요시후미(椎葉嘉文)

세상의 고독을 지우고 싶은

나의 친구 - 요시후지 켄타로

처음 요시후지 켄타로 씨를 만난 것은 제가 고등학교 1학년이던 2006년 12월 JSEC(고교생과학기술챌린지) 시상식장에서였습니다.

저는 '물줄기의 공기기둥 발생에 관한 연구'를 발표해서 그해 우승에 해당되는 문부과학대신상과 YKK특별상을 받았습니다. 초등학교 시절부터 생활주변 불가사의들에 대해 계속 연구해온 저에게 매우 기쁜 상이었습니다.

"처음 뵙겠습니다. 2004년도 OB 요시후지입니다. 이번에 결승전에 올라온 분들을 위한 모임을 만들었습니다. 꼭 참가하세요."

여학교에서 자란 저는 시상식 직후 보라색 터틀넥에 검고 긴 코트 같은 이상한(?) 복장으로 나타난 그의 모습에 솔직히 끌렸습니다.

순간, "감사합니다. 꼭 참가하고 싶습니다."라고 대답하며 저도 모르게 얼굴에 미소를 지었던 것 같습니다.

요시후지 씨는 2004년에 '전동휠체어 연구, 타이어 휠 개발'로 문부과학대신상을 수상했습니다.

JSEC에서 수상하면 미국에서 개최되는 세계 최대의 과학기술대회인 ISEF(International Science and Engineering Fair, 국제학생과학기술박람회)에 초대되는 특전이 주어집니다.

이 대회는 세계 75개국이 넘는 나라에서 700만 명 중에서 뽑힌 1700명의 고교생이 자신들의 연구를 발표하는 과학기술연구대회입니다. 상위 수상자들은 노벨상 시상식에도 참석할 수 있는 '과학올림픽'이기도 합니다.

저는 ISEF에 갈 수 있게 된 일이 뛸 듯이 기뻤지만, 대회 참여를 위한 강화합숙 바로 전날 갑자기 결핵 선고를 받았습니다. 일 년 전부터 기침이 나왔고, JSEC 시상식 때는 폐렴기도 돌고 해서 통원치료를 반복하고 있었습니다. 그러다 3개월 후에 피를 토하고 나서야 결핵인 것을 알게 되었습니다.

"빨리 입원하세요. 진행이 빨라 아주 위험한 상태입니다."

결핵을 선고 받은 당일 날, 집에서 차로 1시간 정도 떨어진 격리병동에 입원했습니다. 미국 가는 일은 물론 집으로 돌아갈 수조차 없으며, 학교를 다닐 수도, 병동에서 외출할 수도 없었습니다. 그런 나날이 3개월 정도 계속되었습니다.

마음은 건강한데 누구와도 만나지 못했습니다. 학교에도 가지 못하고, 친구를 만나는 것도, 기르고 있던 고양이를 만나는 것조차 할 수 없었습니다. 몸이 하나 더 있다면 어디든지 갈 수 있는데…. 억울하고 안타까운 나날을 보내다 3개월 만에 퇴원했고, 반년 만에 복학을 했습니다. 그때의 기억은 희로애락 모두 아직도 마음에 새겨져 있습니다.

그로부터 1년 후 고등학교 2학년 때 2번째 JSEC에 도전해서 수상한 나에게 요시후지 씨가 축하의 말을 전하러 왔습니다. 그것이 그와의 재회였습니다. 그때 처음 그에게서 'OriHime'라는 분신로봇에 대한 구상을 들었습니다.

분신로봇은 제가 결핵 때문에 요양을 하고 있을 때 원하던 것이었습니다! 그 로봇을 그때의 저와 같은 사람에게 전해주고 싶다. 인간의 고독을 해소하고 싶다는 요시후지 씨의 콘셉트에 진심으로 공감했습니다.

요시후지 씨가 와세다대 재학 중에 만든 '오리이연구소'에서 로봇의 프로토타입(Prototype, 시제품)을 완성했을 무렵, 저는 국제기독교대학에 진학해서 경영 공부를 하고 있었습니다. 로봇의 개발 및 제작에 막대한 자금이 필요했지만, 구상이나 시작 단계인지라 좀처럼 기부금이 모이지 않았습니다.

저는 비즈니스콘테스트에 응모해 개발자금을 조달하는 동시에 비즈니스 모델을 줄이는 것이 어떻겠냐고 제안했습니다. 요시후지 씨도 흥미를 느꼈고, 함께 비즈니스 플랜을 짜기 시작했습니다.

그 뒤 '와세다 비즈니스 플랜 콘테스트'나 '캠퍼스 벤처 그랑프리', '학생기업가 선수권대회' 등에서 많은 상을 받아 OriHime의 개발이 진행되고, 사업화도 보다 구체적으로 되었습니다.

여러 가지가 순조롭게 진행되기 시작했을 때, 저는 1년간이지만 영국 런던대학교(University College London) 유학을 결심했습니다. 경영학을 더 깊이 공부하는 것도 목적이었지만, 일본과 영국 사이의 원격회의를 통해 OriHime를 세계에 홍보할 수 있는 여러 나라의 지인이 생긴 것도 기쁜 성과였습니다.

귀국 후 우리는 2012년에 '주식회사 오리이연구소'를 설립했고, 그해에 요시후지 씨는 청년국민영예상인 '인간의 힘 대상'을 수상했습니다.

2014년에는 '모두의 꿈 어워드 4'에서 그랑프리를 수상했고, 아사히신문에서 발행하는 주간지 《AERA》에서 선정한 '일본을 돌파한 100인'에도 뽑혔습니다.

또한 2016년 2월에는 세계적 경제지 《포브스》에서 선정한 '아시아를 대표하는 30세 미만의 30인'에 요시후지 씨가 뽑혔습니다. 매우 영광스러운 일이었습니다.

게다가 TV와 잡지에도 소개되어 CF에 출연할 정도로 요시후지 씨의 지명도가 높아지고 있습니다.

2015년 7월 7일부터 시작한 OriHime 대여 사업도 수요가 늘어나며, 2016년 6월에는 새 버전을 출시하게 되었습니다.

매체 노출이 많아지자 전국에서 많은 문의와 응원의 말이 답지했고, 그에 힘입어 나날이 매진하고 있습니다.

'인간의 고독을 해소하다.'

요시후지 씨가 올린 장대한 주제이지만 경영진 각각의 개성을 살린 독자적인 시선으로 '오리이연구소' 다운 뛰어난 팀워크를 발휘하면서 주제에 도전하고 있습니다.

요시후지 씨는 야행성이며, 건망증이 심하고, 상식이 없으며, 분위기를 맞추지 못하며, 위험한 일만 하며, 언제까지나 어린아이 같습니다. 그러나 사람들을 두근두근하게 만들고, 상식을 깨고, 분위기를 바꿔서, 새로운 발명을 항상 어린 아이 같은 표정으로 만들어냅니다.

결국은 천재인 것입니다.

요시후지 씨의 이런 성향은 OriHime에만 머물지 않고 더 많은 발명품을 만들어낼 것입니다.

경영자 중 한 사람으로서, 또한 오랜 친구로서 앞으로도 요시후지 씨에게서 도저히 눈을 뗄 수 없을 것 같습니다.

- 주식회사 오리이연구소 공동창업자, 최고재무책임자 유우키 아키라(結城明姫)

사람은 만남이 필요한 존재다

프롤로그

한없이 천장만 바라보며, 불안감에 억눌리지 않기 위해 아무 생각 없이 시간이 가기만을 기다려본 경험이 있습니까?

누군가와 대화하고 싶지만 혐오를 받을까, 상처를 입을까, 열등감을 느끼게 될까 두려워 사람들을 만날 수 없는…, 남의 눈을 피하다가 말까지 어눌해지는…, 그런 경험이 있으십니까?

'고독'

11~14세 때 저는 그 한 가운데에 있었습니다.

무기력해져서 신체의 통증을 느끼면서 자는 것도 지쳐서 그저 멍하니 시간을 보내는 나날들…. 저를 필요로 하는 사람은 아무도 없었습니다. 오히려 살아 있는 것이 폐를 끼치는 게 아닌가 하는 마음이 강해지며 사고가 부정적으로 되어 사람들을 멀리 하는 마이너스의 소용돌이 속에 빠져들었습니다.

아무튼 오직 느끼는 것은 **'고독감'**이었습니다. 그것은 물리적으로 혼자일 뿐만 아니라 '누구와도 연결됨을 느끼지 못하고 이 세계에 내가 있을 곳이 없다고 생각하는 상태'를 말합니다.

'고독'이 우울증과 치매로 이어진다지만 **'진짜로 그렇게 된다.'**는 것이 저의 소감입니다. 11~14세까지의 3년 반, 돌아보면 길고 긴 인생 중 3년 반에 불과하지만, 집에서 아무것도 안하고 있을 때는 하루하루가 너무 길어 영원히 이어지는 것처럼 느꼈습니다. 지금도 조용한 곳에서 시계바늘 소리가 들리면 그때 당시 천장을 바라보기만 하던 내 모습이 떠오르곤 합니다.

이것은 결코 저만의 경험이 아닐 것입니다. 아마 저보다 훨씬 심각한 병, 장애, 처해진 장소 등 다양한 환경 속에서 '고독'이 주는 스트레스에 괴로워하는 사람이 세상에는 많이 있습니다. 이런 심각한 고독의 문제가 사회에 그다지 알려지지 않았던 것은 남의 눈에 잘 띄지 않는 집 안에서 일어나는 일이기 때문입니다.

제가 그 환경에서 벗어 날 수 있었던 것은 어느 선생님과의 '만남'이 있었기 때문입니다. 이제와 생각해보면, 등교를 거부하던 저에게 가끔 보러 와주는 친구와 담임선생님, 그리고 가족의 도움도 있었습니다. 그러나 그것보다는 어느 한 선생님에게 매료되어 동경하는 목표가 생기면서 마음이 앞으로 나갈 수 있게 되었습니다. 의욕도 회복되어 학교도 문제없이 다닐 수 있게 되었던 것입니다.

인생의 큰 변화는 사람에 의해 만들어진다.

기술이 진보하여 인터넷으로 온 세계의 누구와 실시간으로 연락하고, 인터넷으로 주문한 물건이 바로 배송되는 세상. 그래도 우리는 매일 아침 세수를 하고 옷을 갈아입고 시간을 들여서 버스나 전철을 타고 학교나 사무실에 모입니다. 왜 그럴까요? 아침에 일어나서 직장에 갈 준비에 1시간, 편도 1시간의 출퇴근을 1개월간 계속하면 그 시간만으로 3일이 소요됩니다. 1년을 계속하면 한 달이 되는 시간이죠. 그래도 우리는 그런 이동을 그만 두지 않습니다. 그것은 왜 그럴까요?

아마 사람은 사람을 만나기 위해 집 밖으로 나갈 겁니다.

사람의 업(業)에 참여하기 위해 우리는 집 밖으로 나가는 것입니다.

사람과의 관계에 참여하기 위해 집 밖으로 나가는 걸 겁니다.

병이나 부상으로 걷기 어려운 사람은 이동하기 위해 휠체어 등의 보조 장치가 필요합니다. 고독이란 병을 이겨내고 고등학교에 진학한 저는 스승으로 여기게 된 선생님과 학교 친구들과 함께 안전하고 쾌적하게 주행할 수 있는 휠체어를 연구 개발하기로 했습니다. 기울어지지 않고도 턱을 올라갈 수 있는 신기술을 접목한 신형 휠체어를 발명했고, 이것은 미국에서 열린 과학기술경연대회에서도 높은 평가를 받았습니다. 그렇지만 그 후 저는 실제로 휠체어를 탈 수조차 없는 고령자나 환자들이 꽤 많다는 사실을 알게 되었습니다.

신체를 옮길 수 없다면, 그럼 마음을 옮길 수 있는 휠체어를 만들 수는 없을까? '자신의 존재'를 옮기고 나르는 기계를 만들 수는 없을까?

SNS나 영상통화가 아닌 실제로 거기에 가 있다고 느낄 수 있는 그런 이동수단.

정보가 아닌 나란 존재 자체의 전달.

몸을 움직이지 못해도 사람과 리얼하게 만나고, 친구와 추억을 만들고, 남에게 필요한 존재가 되며, 사회에도 참여할 수 있는… 그런 기술.

그 방법을 생각하는 일이 세상의 '고독'을 해소할 수 있는 일이라고 생각했습니다.

사람은 사람을 만나는 생물입니다.

사람은 사람을 만나는 피조물입니다.

인간의 고독을 해소시키는 저의 도전은 지금도 계속되고 있습니다.

로봇 커뮤니케이터 요시후지 켄타로

CONTENTS

'사람'과 '사람'을 이어주는 분신로봇 OriHime ■ 9
OriHime의 특징 ■ 10
OriHime의 활용 사례 ■ 12
OriHime의 발전과정 ■ 14

요시후지 켄타로를 응원합니다 ■ 15
나의 친구 요시후지 켄타로 ■ 19

프롤로그 ■ 26

| 1장 | 로봇 커뮤니케이터라는 직업
사람과 사람을 연결함으로써 '고독'을 해소시킨다.

없으면 만든다 ■ 37
공작에 흥미를 가지기 시작한 때 ■ 38
분신로봇 'OriHime' ■ 41
혼자서 할 수 있는 일은 혼자서 진행해야 ■ 45
발품을 팔아야 알 수 있는 일 ■ 48
나의 차고 작업실에 오신 것을 환영합니다 ■ 56

경험이야 말로 무적의 '재산' ▪ 61
나의 백의는 왜 검은색인가? ▪ 68
인생은 만남에 의해 만들어진다 ▪ 74
자신을 움직이는 감정에 대하여 ▪ 77

| 2장 | 정답은 없다. 다른 방법이 있어도 좋다
학교를 다닐 수 없는 기간에 체험한 것

남과 어울리지 못했던 어린 시절 ▪ 85
첫 번째 드롭아웃 ▪ 86
무엇이든 끝까지 하면 처음의 불평이 사라진다 ▪ 89
고독의 악순환 ▪ 92
고독한 일상 끝의 만남 ▪ 96
히키코모리로부터의 탈출 ▪ 100
학교는 가고 싶을 때 가는 곳 ▪ 103

| 3장 | 가슴이 두근두근 하는 일을 하라
공작으로 보낸 3년

사부의 제자가 되다 ▪ 107
취약한 사교성을 잘 하는 일로 커버하다 ▪ 109
양호학교 자원봉사와 휠체어 ▪ 113
최고의 휠체어를 만들고 싶다 ▪ 117
일본 최대의 과학경연대회 도전 ▪ 122
세계대회 도전과 전 세계 고교생들과의 만남 ▪ 129

남은 인생의 사용방법 ■ 136
'고독'이라는 문제와 마주하다 ■ 140
친구 한 명 없이 보낸 고등전문학교 생활 ■ 144
고독의 치유란 무엇인가? ■ 145
인생 두 번째 드롭아웃 ■ 149

| 4장 | 사람과 마주보기, 자신과 마주보기
어떻게 대인관계를 극복하는가?

어떻게 사람들과 대화하는지 고민하는 나날 ■ 153
상상을 초월하는 첫 집단생활 ■ 158
소중한 일은 야외활동이 가르쳐줬다 ■ 162
우선 인사가 가장 중요해! ■ 164
캠프파이어로 사람의 마음을 잡다 ■ 170
21세에 열정과 우정을 이해하다 ■ 174
왜 유사 생명화 현상이 일어나는가? ■ 178
로봇을 배우기 위해 팬터마임을 시작하다 ■ 181
들어가고 싶은 연구실이 없어 내가 만들다 ■ 182
인생 세 번째 드롭아웃 ■ 185

| 5장 | 누구나 쓸 수 있는 '또 하나의 신체'
자신이 원하는 것을 만들어라

단 한 명의 로봇 개발자 ■ 193
저렴하고 넓은 작업장을 만드는 방법 ■ 200

창업이라는 선택 ▪ 202
경연대회를 권하다 ▪ 207

| 6장 | 필요한 사람에게 확산되는 분신로봇
사용자와 함께 미래를 만들다

처음 OriHime를 사용해준 사람 ▪ 215
창업멤버와의 인연 ▪ 221
OriHime 파일럿 반다 유우타(番田雄太) ▪ 224
루게릭병 환자의 고독을 해소하라 ▪ 230
강력한 응원자의 존재로 도움 받는 나날 ▪ 235
자신에 대한 도전 ▪ 240

에필로그 ▪ 254
후기 ▪ 258

1장

로봇 커뮤니케이터라는 직업

사람과 사람을 연결함으로써 '고독'을 해소시킨다

세상에 없으면 만들면 된다.

그래서 만들었다.

로봇 커뮤니케이터!

'없으면 만든다'

나는 로봇 커뮤니케이터 요시후지 켄타로다. 로봇을 만들고 있으며, 주식회사 오리이연구소 소장이다. 주변 사람들이 '오리이'라고 부르기 때문에 그 이름을 기억해줘도 좋다. 지난 10년 동안 거의 매일 **'검은 백의**(검은색 가운)'를 입고 있었기 때문에 나의 독특한 패션부터 기억해주는 것도 상관없다.

'로봇 커뮤니케이터'는 내가 만든 직업이다.

사람과 사람의 커뮤니케이션을 돕는 도구로서의 로봇을 구상, 디자인, 설계, 개발, 제공하는 일 등이 모두 로봇 커뮤니케이터가 하는 일이다.

세상에 아직 로봇 커뮤니케이터란 직함을 갖고 있는 사람이 없기 때문에 아이들이 장래희망으로 이 직업을 선택할 일은 없을 것이다. 그러나 이제부터 로봇 커뮤니케이터란 직업이 있다는 것을 알게 된다면 아이들의 장래 희망직업 중 하나가 될지도 모른다. 편지가 전화가 되고, 메일이 되고, 채팅과 SNS로 변화하는 등 사람과 사람이 연결되는 데 어제와 다른 다양한 수단이 등장했다. 물론 이런 변화에 따라 새 역할을 담당하는 사람도 필요하게 될 것이다.

만일 그때 필요한 직업이 없으면 스스로 만들면 된다.

'없으면 만든다.'

나의 좌우명이며 내 사고방식의 뿌리이기도 하다.

공작에 흥미를 가지기 시작한 때

많은 사람들이 그렇듯 나도 어렸을 때부터 과학이나 공작, 그림그리기를 좋아하는 아이였다.

철이 들었을 때부터 종이접기와 가위를 이용한 공작놀이를 즐겼고, 우유팩으로 만든 사다리로 유치원 지붕 위에 올라가려고 했던 응석둥이 같은 아이였으며, 비교적 혼자서 놀고 있었다.

한편으로는 이미 있거나 결과를 알 수 있는 것들에 대해서는 전혀 관심을 갖지 않는 타입이기도 했다. 어른이 된 지금도 조리법을 보면서 요리하는 일을 어려워하며, 설명서대로 만드는 플라스틱 모형과 장난감을 조립하는 것도 고통을 느꼈다. 학교 시험은 아주 싫어했다.

초등학생이 되어 가장 괴로웠던 것은 교실에서 받는 수업이었다.

흥미가 없는 일에 대한 기억력은 전혀 작동하지 않았으며, 그것 때문에 초등학교에서 공부를 전혀 못했다. 외울 것이 많은 과목은 학교성적 꼴찌. 가만히 있을 수 없어 선생님이 보지 않는 틈을 타 창문을 넘어 도망가기 일쑤였다. 게다가 장난을 좋아하는 못된 아이였으며, 선생님에게도 장난을 치는 문제아 취급을 받았다.

그럼에도 교실에서 비교적 친구도 많고 인기가 있었던 이유는 옛날부터 좋아했던 공작 때문이었다.

학교는 게임기 등 필요 없는 물건을 가져오면 안 되는 곳이다. 그 당시 유행했던 '배틀 연필'이라는 것도 들키면 바로 압수당했기 때문에 교실에서 놀고 싶어 하는 아이들은 엔터테인먼트에 굶주려 있었다. 그래서 내가 종이컵이나 골판지, 고무밴드, 끈을 사용해 새로운 게임을 만들어내면 친구들은 아주 좋아하면서 함께 놀곤 했었다.

세상에는 어른들이 만든 TV 게임기와 놀이용 장난감이

넘쳐나고 있어서 내가 만든 게임은 학교 밖에서 게임보이나 포케몬을 하는 친구들에게 관심을 끌 수 없었다. 그러나 학교 안에서는 사정이 달랐다.

골판지와 가위, 청테이프. 이것만 있으면 노는 데 부족한 것은 없었다. 다른 교실, 학년이 다른 아이들, 선생님마저 내가 만든 장난감으로 놀았다. "다음엔 뭘 만들어줄래?"라는 말을 듣는 일을 좋아했다.

'없으면 만든다.'는 내 발상의 시점은 바로 여기다.

그러나 그렇게 즐거웠던 학교생활은 갑자기 끝을 맺었다. 초등학교 5학년 때부터 건강 상태가 좋지 않아 병원에 수시로 입원했고, 당연히 학교도 자주 쉬게 되었다. 중학교 2학년까지 3년 반 동안 학교를 거의 다니지 않는 학생, 이른바 히키코모리(은둔형 외톨이) 상태가 되어있었다. 원래 몸이 약해서 남들보다 학교를 쉬는 편이 많았지만, 건강 상태가 회복되지 않아서 퇴원 후에는 정신적으로 힘든 상태가 되었으며, 결국 본격적으로 학교를 다니지 못하게 되었던 것이다.

또한 사춘기 이후 함께 하지 못한 동급생들과도 정서적 차이가 생겼다. '병은 마음에서부터'라는 말이 있듯이 정신적

측면과 함께 건강 상태도 점점 악화되었다.

그래도 등교했을 때는 장난꾸러기다운 장난과 멋대로 하는 행동을 반복했기 때문에 몸이 아파 결석할 때마다 거짓으로 학교를 쉰다는 소문이 돌면서 친구들과의 관계도 소원해졌다. 결국 교실에서 고립되었다. 학교에 나가지 않던 시절 집에서의 생활은 한 일이 아무것도 없어 기억이 애매한 공백 기간이다. 정말로 괴롭고 괴로웠던 나날로 기억한다.

원래 학교를 좋아하지 않았지만, 거기 있을 수 없다는 깊은 열등감과 무력감에 시달리며 대인공포증이 생겼고, 은둔형 외톨이 생활을 하게 되었던 것이다. 설마 나 스스로가 사람의 눈을 피해서 살게 될 줄은 상상도 못했다.

그 3년 반의 시간은 정말로 괴로웠다. 다시 맛보고 싶지도 않다. 그러나 그때의 고독과 고립경험이 있었기에 지금 로봇 커뮤니케이터로서 일하고 있다고 감히 말할 수 있다. 그때 갖고 싶던 것을 만들기 위해 나는 로봇 개발자가 되었다.

분신로봇 OriHime(오리히메)

내가 설립하고 대표직을 맡은 오리이연구소에서 개발한

것이 'OriHime'라는 분신로봇이다. 이것이 그때 내가 갖고 싶었던 것이다.

이 분신로봇 OriHime는 인공지능이 탑재되어 사람의 언어를 이해하며 이야기 상대가 되어주는 그런 똑똑한 로봇이 아니다. 실은 사람이 원격조정으로 움직이게 하는 마치 멀리서 조작하는 무전기 같은 것이다.

이 OriHime는 6개의 모터와 카메라, 마이크와 스피커가 내장되어 있는데 스마트폰과 PC를 가지고 인터넷으로 조작할 수 있는 시스템이다.

예를 들어 병원에 입원하고 있는 사람이 스마트폰을 통해 학교에 대신 출석한 OriHime가 보고 있는 교실풍경을 실시간으로 볼 수 있다. 머리를 자유롭게 움직이면서 칠판과 친구를 돌아볼 수도 있다. 또한 스피커를 통해 교사의 이야기를 듣고, OriHime가 손을 들어 발언할 수도 있다. 쉬는 시간에는 친구가 이동시켜줘서 함께 노는 체험을 하고, 소풍을 데리고 갈 수도 있다.

그렇다. OriHime는 가고 싶은 곳이 있는데도 갈 수 없는 사람에게 또 하나의 신체… 즉, '분신'이 되는 로봇이다.

"떨어져 있는 사람과의 소통의 도구는 전화나 영상전화가 있지 않나?"

"스마트폰 영상통화로 얼굴을 보면서 대화할 수 있다. 보고 싶은 사람의 얼굴을 보면서 통화하는 것이 보다 좋지 않겠나?"

자주 받는 질문이다. 일반적인 생각에선 당연한 것이다. 나 자신도 고독을 경험하지 않았더라면 같은 생각을 했었을 것이다.

요양 중에 있던 나는 너무나 지루하고 몸도 아파서 어쩔 수 없이 기분전환으로 친구에게 전화를 한 적이 있다. 그때 친구는 같은 방 친구와 불꽃놀이를 구경하고 있었는데 전화기를 통해 소란스럽고 즐거워하는 웃음소리가 들려왔었다. 나도 그 순간 기뻐했었으나, 그 다음 순간에 들은 말을 지금도 잊을 수 없다.

"건강 괜찮아? 미안, 지금 친구들과 불꽃놀이를 보러 와 있어서 전화를 끊을게! 그럼!"

그때 내가 절실하게 느낀 것은 친구에 대한 실망이나 질투가 아니다. 내가 친구 입장이라면 그렇게 전화를 끊지 않았을 텐데 하고 굳게 생각한 것도 아니다.

전화나 영상통화는 전하고 싶은 용건이 있을 때는 적당한 도구이지만, 거기에 나 자신의 참여가 허용된 도구는 아니다. 내가 그 자리에 없어도 참여한 것처럼 취급해주는 도구는 세상에 존재하지 않았다.

입원해 있거나 집에서 요양하는 동안은 몸도 아프고 고달프다. 잠을 충분히 자서 잠도 오지 않으며, 게임이나 독서를 하고픈 생각도 들지 않는다. 누구든지 좋으니 이야기 상대가 있었으면 하는 생각이 들 때가 많다. 입원까지 하지 않아도 감기나 독감에 걸려 혼자 오랜 시간을 자기만 했던 사람이라면 이런 경험이 이해가 되지 않을까 한다.

친구에게 전화를 할 때 아무리 사이가 좋은 친구라 해도 걱정이 앞선다. 더구나 여러 번 걸게 되면 상대방의 시간을 방해하는 것 같아서 미안하고, 싫증을 내지나 않을까 염려도 되기 때문이다.

그런데 실제로 상대방은 집에서 TV를 보거나 놀고 있거나 한다. 만일 자신이 휠체어를 타고라도 거기에 갈 수 있다면, 그래서 같이 TV를 보거나 누군가가 근처에 있어 주기만 해도 불안이 해소되었을지 모른다. 적어도 내가 잊히지 않았다는 안정감은 얻었을 것이다. 그러나 현실은 아무리 좋은 휠체어가 있어도 외출하지 못하는 사람들은 의외로 많다.

'몸은 떨어져 있어도 옆에 함께 있다는 느낌을 가질 수는 없을까?'

이런 생각을 실현시킬 방법으로 고안해낸 것이 자유롭게 움직일 수 있는 또 하나의 자신 즉, '분신을 만들자'는 구상이었다.

혼자 할 수 있는 일은 혼자서 진행해야

내가 리더를 맡은 분신로봇 연구팀, 주식회사 오리이연구소는 **'테크놀로지를 사용해 사람의 고독을 해소한다'**를 기업의 이념으로 하여 사람과 사람을 잇는 테크놀로지 개발을 하고 있다.

하고 있는 일은 의외로 단순하다. 내가 프로토타입(Prototype, 시제품)을 만들고, 사용자 시험 등을 통해 생각한 아이디어를 임원을 포함한 핵심 멤버와 협의 검토한다. 거기서 결정한 방침을 각 작업으로 나눈 후 다음 멤버에게 배분하는 시스템이다.

새로운 아이디어와 조직의 방침을 생각하는 것이 나의 일이다. 낮에는 대표로서 조직을 운영하며, 필요에 따라 경영 전략을 생각하여 프레젠테이션을 하고, 밤에는 새로운 것을 생각한 후 바로 프로토타입을 만들어서 실험하는 나날…. 집에는 3일에 한 번밖에 들어가지 못하는 나날이다.

그러나 이런 나날이 너무나 즐겁고 내 성격에 맞는다. 정해진 시간에 정해진 일을 하는 것이 적성에 맞지 않고, 회사에서 나가는 것도 좋아하기 때문에 노동법적인 의미로 직장생활을 했다면 벌써 도망갔을 것이다.

로봇 개발은 콘셉트부터 프로토타입 제작까지 기본적으로 혼자 한다.

아주 유능한 스태프들이 있다 해도 그들도 이미 운영 중인 시스템과 서비스 개선을 위한 업무로 바쁘다. 애초부터 다른 사람에게 무엇인가 제작을 맡기려면 그것을 위한 사양서와 설계도를 만들어야 한다. 아무리 시간이 많아도 모자라게 된다.

만약 2명 이상이 한 작업을 하게 되면 서로간의 이미지 차이로 타협하거나 작은 점에서 다른 것이 되어버리고 개념이 흔들려 콘셉트가 애매해질 때가 많다.

대체로 1+1이 1 이상이 되는 일은 거의 없다. 그것이 내 생각이다.

서로 의견을 나누어서 모두가 납득하는 아이디어는 다른 누군가가 이미 생각한 것들일 경우가 많으며, 충분히 검토되었을 것이다. 그리고 여태까지 있던 것의 개량이 아닌 전혀 새로운 아이디어는 아무리 설명해도 나 자신 외에는 이해할 수 없는 법이다.

나도 눈앞에서 보고 만지고 나서야 처음으로 그 사람이 말한 아이디어의 가치를 이해하게 되는 일이 자주 있다. 말이나 그림을 사용하여 아이디어의 모든 것이 전달된다고 생각하지 않는 것이 좋다. 결과적으로 아이디어부터 프로토타입까지 혼자 작업하는 것이 처음 생각했던 이미지대로 만들 수 있는 경우가 많다는 것이다.

하지만 만들어야 할 모든 것이 처음부터 내 안에 이미지로 있는 것은 아니다. 그것은 신체를 움직이는 경험에서 얻을 수 있는 것 같은 것이다.

발품을 팔아야 알 수 있는 일

내가 최우선으로 하는 라이프워크 중 하나가 OriHime를 사용하고 있는 '현장으로 찾아간다.'는 모토다. 어떻게 사용되고 있는지, 어떤 점을 선호하고, 어떤 것을 개선해야 할지 실제 현장으로 나가 눈으로 보고, 사용자로부터 직접 이야기를 들었을 때에야 처음으로 알 수 있는 것들은 참으로 많다.

그래서 시간이 걸려도 직접 사용자를 찾아가서 프로토타입 혹은 개량품을 사용하게 하고 가능한 한 현장의 목소리를 담아내려고 한다. 이런 행동을 평소부터 하기 때문에 특수한 인연이 생기고, 감동을 받을 때도 있다.

OriHime 사용자 중에 '루게릭병(근위축성측색경화증, Amyotrophic Lateral Sclerosis)'이라는 병을 앓고 있는 환자들이 있다. 운동신경 이상으로 서서히 근육이 굳어지다가 빠른 속도로 진행되고, 다시는 일어날 수 없게 되는 난치병이다. 현대의학으로 치료법이 없으며 일본에는 1만 명 정도 루게릭병 환자가 있다고 한다. '아이스 버킷 챌린지'라는 모금활동이 화제가 되어 알고 있는 사람도 많을 것이다.

보통 사람은 의식과 동시에 생각하며, 더위와 통증을 느낄

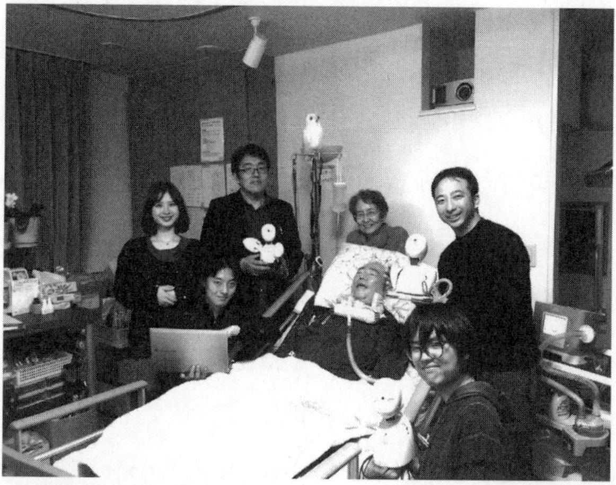

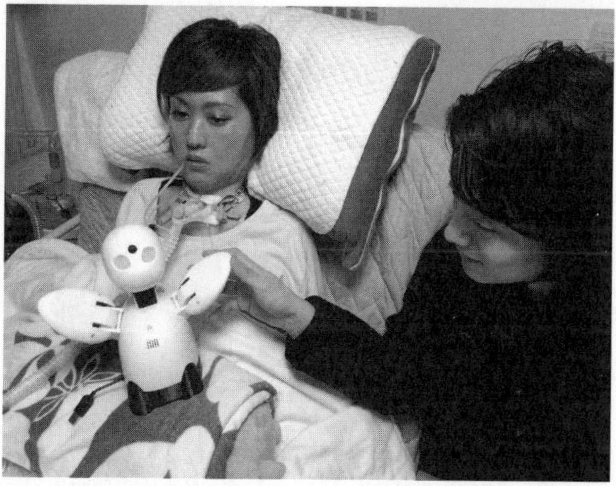

직접 환자를 찾아가 현장에서 확인하는 것이 개발의 다음 단계로 이어진다

수 있다. 그러나 루게릭병 환자는 몸의 감각이 없어 거의 움직이지 못하고, 병이 진행되면 호흡조차 힘들어진다. 인공호흡기를 장착하면 살 수 있으나, 몸을 거의 움직이지 못하는데다 말 하는 능력도 잃게 된다.

일본의 현재 법률로는 인공호흡기를 한 번 장착하면 다시 떼어낼 수 없다. 때문에 일본의 장착율은 30%, 열 명 중 일곱 명(70%)은 연명을 선택하지 않는다. 참고로 세계의 장착율은 10%.

나는 전국의 루게릭병 환자들과 만나고 있지만 호흡기 장착을 거부해 돌아가신 지인도 몇 명 있다. 호흡기 발명으로 인해 여태까지 죽음을 기다리기만 하던 환자들이 스스로의 의지로 삶을 선택할 수 있게 된 것은 훌륭한 일일 것이다. 그러나 삶을 선택하는 것이 오히려 소수파인 가혹한 난치병이 존재하는 것도 현실이다. 요즘 해외에선 미래의 의료기술 발전에 희망을 걸어 호흡기를 장착하지 않고 죽은 후에 냉동수면을 선택하는 사람이 있을 정도다.

그럼 얼굴이나 손가락을 움직이지 못하고 목소리조차 잃은 사람은 어떻게 자신의 의사표현을 할수 있을까? 루게릭병 환자들은 개개인에 따라 증상도 진행속도도 다르기 때문에 이들을 위해 **'투명문자판'이나 '입(口)-문자'**라는 독자적인 대화 수단을 만들어내서 가족이나 간병인과 커뮤니케이션을 할 수 있게 했다.

간병인이 들고 있는 투명한 문자판의 어느 문자를 환자가 보는지를 판단하는 것이 '투명문자판'이다. 환자의 미묘한 입모양에서 모음을 판단하고, 그 다음에 50음(일본어 기본 자모음수)을 순서대로 읽어 주고 환자가 의도한 문자에서 얼굴 어느 부분이라도 살짝 움직이는 신호를 포착, 그것들을 조합하여 문장을 만들어내는 것이 '입-문자'다.

그러나 이것은 환자마다 사정이 달라 숙련되지 않으면 사용하기 어렵다. 나는 2013년에 루게릭병 환자 친구가 생긴 것을 계기로 '눈동자의 움직임'으로 OriHime를 조작하는 연구를 시작했다. 그 친구는 이미 몸이 굳어져 움직일 수 없었고, 끄덕일 수조차 없었다. 그러나 아직 발성은 할 수 있었다.

내 친구는 보통 천장만 바라보지만, 그는 모니터를 통해 OriHime의 시선을 볼 수 있었고, 눈동자를 움직여 OriHime를 조작할 수 있었다. 결국 Yes와 No란 의사표현이 가능하게 되어 로봇이 끄덕이거나 손을 올리는 동작으로 신체표현을 되찾을 수 있었다. 또한 몸은 자신의 방에 있지만 가족과 친구와 함께 밖으로 나들이도 갈 수 있게 되었다. 이런 일련의 성공에 힘입어 2015년부터는 문자를 입력하고, 읽어 주고, OriHime를 통해 음성을 출력할 수 있지 않을까 생각해서 일본루게릭병협회와 환자들과 공동으로 연구개발을 해왔다.

개발 중 가장 신경 쓴 것은 우리가 현장을 계속해서 직접 다니는 것이다. 적어도 1주일에 한 번은 환자의 집을 찾아가서 문제점을 살폈고, 그때 알게 된 문제점에 대해 어떻게 하면 해결할 수 있는가를 생각했다. 개선한 제품을 다시 환자 집에 가져가서 테스트하는 일을 반복했다. 흔히 고객의 목소리를 직접 들어보라고 하지만 손님이 정말로 원하는 것은 '이것'이라는 명확한 답을 찾게 되는 경우는 드물다. 그러나 무엇이 고객이 진짜로 원한 것인지 판단할 수는 있다. 그렇기 때문에 시제품 사용을 관찰하고 돌아온 그날 밤새 새로운 프로토타입을 만든다. 이렇게 체험을 쌓아가면서 사용자가 원하는 목소리가 무엇인지 점점 뚜렷하게 알 수 있을 것이다.

이와테현 모리오카에 있는 자신의 집에서 회사 업무를 보는 반다 유우타 씨

일상생활 속 다양한 순간에 아이디어가 떠오르고 생각이 나지만, **아이디어는 생각난 순간부터 신선도가 중요하다.**

메모로 남기지 못한 머릿속의 이미지도 있고, 무엇보다 개발에 대한 동기부여도 그 순간이 가장 높다. 한밤에 아이디어가 떠올라서 벌떡 일어난 순간이 가장 귀중하고 무엇과 바꿀 수 없는 순간이다. 집에 있다가도 바로 작업실에 뛰어가 3분 이내에 개발을 시작한다. 이렇게 빠른 도전과 실패도 환자를 위한다는 생각에 힘이나 저절로 할 수 있는 일이다.

우리에게 오리이연구소는 현장 그 자체다.

우리 연구소에 **반다 유우타(番田雄太)**라는 멤버가 있다. 팀에 합류한 지 2년이 넘었지만 지금까지 한 번도 연구소에 실제로 출근한 적이 없다. 그는 경추손상 환자이며, 20년 넘도록 침대 위에서 일어나지 못하고 있다.

그의 집은 이와테현(岩手県) 모리오카(盛岡)에 있다. 4살 때 교통사고를 당해 목 아래를 움직이지 못하고 호흡기를 장착한 채 그때부터 인생의 거의 대부분을 병원과 집에서 보냈다.

그는 학교를 다닌 적도 없다. 턱을 써서 침대에서 문장을 입력한다. 그 입력속도가 대단한데 꽤 수다쟁이다. 침대 곁에 있는 PC를 능숙하게 사용해서 연구소 내에 있는 자신의 분신 OriHime를 조작한다. 그렇게 매일 아침 회사에 출근하여 나의 비서로서 스케줄 관리와 메일에 답장하고, 명함정리와 웹사이트 갱신 등의 업무를 처리한다.

OriHime 신형모델이 완성되었을 때 처음 쓰는 사용자는 항상 그다. 서로 신형모델을 통해 대화 등 집중적인 테스트 기간을 가진다. 소리가 불쾌하다거나, OriHime의 시야가 좁다거나, 두는 장소가 좀 더 높은 곳이었으면 좋겠다거나…, 그의 요청을 받고 그가 납득할 때까지 수정을 해나간다.

처음에는 머리밖에 없었던 OriHime에 팔이 달린 것도 그의 공이다. 직원으로 활동할 뿐만 아니라 한 사람의 사용자로서 개발에 참여하고 있는 중요한 스태프다.

업무 시간 중에는 기본적으로 OriHime가 작동하고 있으며, 일 사이에 잡담을 하거나 채팅으로 물을 정도가 아닌 간단한 질문을 나누기도 한다. 때문에 **진짜로 출근해서 옆에 있는 멤버와 같은 밀도의 커뮤니케이션이 이루어지고 있다.**

그뿐만 아니라 나와 다른 멤버들도 모두 각자 자신의 전용 OriHime를 사무실에 두고 있다. 출장 등으로 이동하는 중에는 OriHime를 가동한다. PC로 작업하고 있을 때도 회사 멤버와 잡담도 하고, 회의 중에 의견이 생겼을 때 "저기, 그것은…" 하는 식으로 대화에 참여하기도 한다.

이런 상황을 모르는 사람에겐 사람과 로봇이 서로 잡담하면서 일하고 있는 굉장히 전위적인 사무실로 보일지도 모른다.

나의 차고 작업실에 오신 것을 환영합니다

기왕 말이 나왔으니, 나의 제품 만들기에 대해 좀 더 이야기하겠다.

로봇 등의 개발에는 작업실이 필요하다. 나의 주된 작업실은 오리이연구소와 연구소로부터 4km가량 떨어진 단독주택의 차고다.

대학교 때는 넓은 작업실을 원했지만, 원하는 집을 얻을 수 있는 돈이 없었다. 그래서 친구들과 집을 공유하는 셰어하우스를 마련키로 했다.

좀 개성적인 건물이라 평범한 사람들이 살기에는 다소 불편했는지 비어있던 한 집을 찾아, 셰어하우스로 임대하게 되었다. 약간 불편한 점은 없지 않았지만, 통나무집 스타일이 마음에 들었다. 최대 50명 정도가 파티를 열 수 있는 넓은 방의 배치도 마음에 들었다. 학생 몇 명이 살기엔 꽤 넓은 집이었다. 그런데도 일인당 월세는 5만 엔 이하였다. 그 집의 차고가 지금도 나의 로봇 개발의 주요 공간으로 활용되고 있다.

로봇을 만든다면 하이테크놀로지 기계로 금속을 자르거

나, 큰 실험실이 있는 공장에서 대형 공작 기계가 덜커덩거리면서 돌아가는 이미지가 떠오르시겠지만 우리가 만드는 로봇은 대개 단순하고 아날로그적이다.

좀 전문적인 이야기가 되겠지만 과정을 말씀 드리겠다.

나는 우선 용도부터 생각한다. 무엇을 만드느냐가 아닌 어떤 식으로 사용하는가를 생각하고, 화이트보드나 스케치북에 사용되고 있는 모습이나 제품의 간단한 일러스트를 그린다. 머릿속에 있는 모양을 스케치하여 만드는 법을 생각한다. 그 다음 내부에 들어갈 모터나 카메라, 배터리, 회로기판을 구입한 후 회로를 짜고, 배선을 연결하고, 프로그램을 실행시켜 동작을 확인한다.

내장되는 회로기판이나 배선, 모터의 고정 위치와 작동방식 등을 정하면 다음은 외장이다. 외장을 만드는 것은 다양한 방법이 있지만, 나의 경우 발사목재나 스티로폼을 깎아서 만들고 싶은 외장의 형상을 다듬어간다.

발사목재는 부드럽고 가공하기 쉬운 재료로 칼이나 줄질로 좋아하는 형상을 쉽게 만들 수 있다. 만들어진 형상 위에 전열기로 표면을 녹인 플라스틱판을 덮어서 굳힌다. 이렇게 하면 처음 발사목재로 만든 형상처럼 굳은 플라스틱 외장을 만들 수 있다. 히트프레스로 불리는 이 방법은 화상만 조심하면 누구나 쉽게 따라할 수 있다.

외장을 만드는 또 다른 방법은 열과 진공을 이용해 형상을 만들어내는 것이다. 아래쪽에서 진공으로 빨아들여 발사목재 형상과 똑같은 형상을 얻는 방법인데, 이 방법이 보다 정밀한 형틀을 얻을 수 있다. 그러나 시중에 유통되는 이 장치가 너무 커서 나는 전기스토브와 진공청소기를 내장한 진공

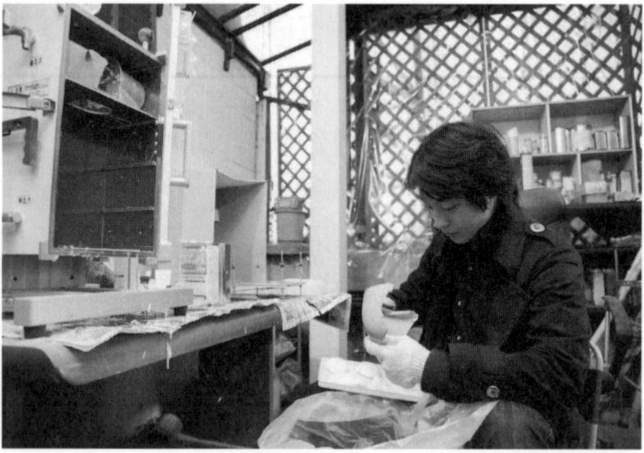

주택 차고를 개량한 작업장에서 로봇을 제작하는 저자

폼 전용 장치(책상)를 DIY로 직접 만들어서 사용하고 있다. 이 방법으로 만든 형틀은 얇기 때문에 에폭시나 진흙 등으로 덧대 두께를 늘릴 필요가 있다.

스티로폼으로 형상을 만든 경우에는 FRP(섬유강화수지)를 쓴다. 유리섬유나 카본 수지를 매트에 붓고 굳히는 방법으로 아주 가볍고 탄탄한 부품을 만들 수 있다. 고교 시절 스승과 함께 만든 휠체어의 외장도 이 방법을 사용했다.

양산할 때는 실리콘 형틀에 수지를 부어 만든다. 금속형틀을 사용하는 주입성형과 비슷하지만 금속형틀은 100만~1000만 엔(한화로 1000만~1억)정도의 많은 비용이 들고, 수정하는 것도 어려워 풍부한 자금이 없는 한 현실적이지 않다.

그러나 실리콘은 1만~10만 엔 범위에서 형틀을 만들 수 있다. 실리콘 형틀에 수지를 부운 후 물에 담갔다가 단번에 꺼내 공기에 노출시키면 수지가 형틀의 구석구석까지 들어간다. 이것을 진공주형법이라 하는데 수만 엔 정도의 설비를 갖추면 실리콘 형틀을 만드는 일이 집에서도 가능하다. 이 방법으로 로봇을 양산했고, 사용자가 쓰면서 불편한 점을 개선하는 테스트를 반복했다.

물론 3D 프린터도 사용한다. CAD(컴퓨터 설계)는 10년 이상 해왔는데, 형틀을 만들기 위한 데이터는 CAD로 만들고, 3D CAD로 만든 데이터부터 3D 프린터로 시제품을 만드는 일도 중요한 과정이다. 그러나 곡선이나 촉감, 쥐었을 때 손바닥 안에서 편한 느낌 등을 컴퓨터 데이터를 보면서 구현해내기란 여간 어려운 게 아니다. 실제로 나무를 깎아서 만드는 것이 더 좋은 결과를 가져오는 경우도 많다.

로봇 제작을 본격적으로 시작한 2008년도는 대학교 3학년 때였다. 학교 안에는 들어가고 싶은 연구실이 없었다. 그래서 내 연구실을 만들기로 했다. 문제는 당연히 지도교수가 없고, 설비나 자금도 구할 수 없었다. 혼자서 성과를 올려야 하기 때문에 시간도 부족했다. 생활비를 아끼고, 아르바이트로 번 돈을 전액 투입해 많은 실패를 반복하면서 로봇 제작에 몰두했다. 자금과 시간이 부족했던 나로선 프로토타입 로봇을 어떻게 빨리 만들어서 얼마나 많은 테스트를 반복할 수 있을까에 집중했다. 식사는 하루에 한 끼, 밤에는 개발에 몰두했고, 낮에는 사용자에게 써보게 해 검증을 했다.

그 연구실을 주식회사로 만든 지금도 나의 기본적인 스타

일은 변함이 없다.

경험이야 말로 무적의 '재산'

나는 보고들은 지식보다 직접 경험하는 것을 더 중요하게 여기는 편이다.

새로운 아이디어는 **아무것도 없는 백지 상태에서 나오지 않는다**. 그동안 어쩐지 흥미가 있으니까 했던 경험들에서 새로운 아이디어들이 떠올랐다.

이를테면 한겨울에 야외에서 휠체어를 타본 적이 없는 사람은 앉아서 이동하는 것이 생각보다 춥다는 사실을 모른다. 또 서서 걷는 일 자체가 실은 꽤 체온을 상승시킨다는 사실도 모를 것이다.

회의실 화이트보드 앞에 둘러앉아 또는 회의실을 어슬렁거리다 모두가 좋다며 맞장구친 아이디어는 이미 다른 누군가가 생각해서 검토까지 끝낸 아이디어다.

나는 그렇게 앉아서 사고하지 않는다. 남과 다른 체험이 있기에 새로운 물건을 만들어낼 아이디어가 태어난다고 생각한다. **나는 좀 독특하다. 물건을 만드는 지식, 학생시절**

책장 겸용 DIY(직접 만든) 계단. 2층 다락으로 이어진다

에 배운 팬터마임, 야영장에서 4년 동안 일한 경험을 모두 잘 살려서 사고한다.

이를테면 사람 손에 가까운 형상의 로봇 손을 디자인 해본다고 하자. 분명히 사람의 손이 아니지만 '무엇인가 사람 같다'고 느끼는 요소는 어디에 있는 것일까? 정체를 알 수는 없지만 엄지손가락의 제1관절과 제2관절의 회전축을 90도 돌리면 더욱 자연스럽게 보이겠지, 하는 생각이 떠오르면 그 일을 반복한다.

이런 실험을 반복하면, 말하자면 감이 온다. 이것은 그림을 그리는 것보다는 배우가 연기 요령을 습득하는 감각에 가깝다. 앞서 언급한 팬터마임에서는 배우가 벽이 없는데 있는 것처럼 연기하지만, 사람들은 진짜 벽 앞에서 그런 동작을 하지 않는다. 실제와 보여 주는 것은 다르다는 말이다.

각각의 영역에서 장인의 경지에 도달한 사람이 있어도, 앞서 내가 열거한 세 가지를 모두 체험한 사람은 그리 많지 않다. 로봇 제어를 잘 하는 사람은 있지만, 어떻게 디자인해서 어떻게 움직이게 하면 '살아 움직이는 생물처럼 보일까?'를 고민하는 사람은 많지 않다. 나는 공공장소에서 공연했던 경험을 로봇 개발에 투영시킨다.

처음부터 준비된 체험은 아니다. 나중에 그때의 경험이 되살아난다고 느낄 때가 많다. 그래서 지금도 3개월에 한 번 정도는 새로운 일에 도전하려고 한다. 또 그때그때 흥미를 느끼는 게 있으면 느끼는 대로 하는 편이다. 이것이 의외로 도움이 된다. 나는 집을 좋아하고, 가구나 계단 등을 좋아한다.

특히 계단을 좋아하는데, 계단이 많은 곳에서는 아주 흥분한다. 오래전부터 내가 설계한 이상적인 계단을 만들고 싶었다. 그러나 만드는 방법도, 무엇부터 시작해야 할지도 모른다.

일단 간단한 벤치라도 만들어볼까라는 생각에 적당한 가격의 DIY용 공구를 사와 제작을 시작했다. 마침내 좀 찌그러지고 왜곡은 되었지만, 보이는 대로 적당히 만들 수 있었다.

이 체험을 바탕으로 이번엔 책상을 만들어보기로 했다. 앞서 언급한 전기스토브와 진공청소기가 내장된 진공 폼 작업용 책상이다. 또한 기존의 책장도 만들었다. 이렇게 DIY 요령과 감각을 몸에 익힌 것을 응용해 3D CAD로 설계도도 만들어내게 되었다. 공구의 성능을 평가할 수 있게 되면서 고성능 공구도 사용할 수 있게 되었다. 이제 내 실력은 서서히 내가 구상한 이미지대로 물건을 만들 수 있게 되었다.

멋모르고 시작한 3개월 후, 소원이었던 대들보 위로 올라갈 수 있는 계단(책장 겸용)과 대들보 위에다 다목적 다락방도 만들 수 있었다. 임대한 집이 상하지 않도록 못을 하나도 쓰지 않고도 어른 2명이 뛰어도 문제없는 튼튼한 회심의 작품이었다. 이렇게 DIY 가구가 늘어갔다.

새로운 일에 도전하는 것은 많은 에너지를 필요로 한다. 하지만 한 번 경험하고 나면 다음부터는 아무것도 아니다. 최근에도 약간의 가구를 만들고 있지만, 특별히 새로운 게 없어서 담백하게 만들고 있다.

DIY를 하기 전에는 무엇부터 시작하면 되는지조차 몰랐으나, 마법처럼 느꼈던 일도 한 번 경험하고 나자 '이렇게 하면 집도 지을 수 있겠다.'는 자신감도 생겼다. 물론 단순한 DIY와 다르게 집을 지으려면 전문적인 여러 기술이 필요하다는 것도 알고 있다. 그러나 어떤 도구가 필요하고, 재료는 무엇으로 준비할지, 기술적인 것은 어떻게 높이며, 적어도 나로선 역부족인지, 전문가가 필요한 부분은 어떤 것인지, 또 완공까지 얼마의 시간이 걸릴지, 견적 등도 대략 뽑을 수 있게 되었다. 장인이나 프로의 대단함도 경험했기에 진심으로 그들을 존경할 수 있게 된다.

책을 읽거나 남의 이야기를 듣는 것으론 알 수 없었던 일들이 스스로 해보면 비로소 보이게 된다. 나는 이것이 진정한 '재산'이라고 생각한다.

당연하지만 새로운 일을 하면 대체적으로 실패한다. 실패라고 하면 부정적으로 들리겠지만, 그것은 오히려 이렇게 하면 안 돼 하는 **무수한 경험**의 축적이다.

나는 흥미가 있는 일은 일단 해보고 '안 되는 체험'을 했다고 생각한다. '잘 될 것 같군.' 하고 생각한 일도 대체로 상상과 다르게 처음에는 실패한다. 원래 일이란 그런 것이라고 인정하면 '결국 여기서 걸리는군!'을 발견하게 되고, 실패하는 일조차 재미있어진다.

그러나 가장 중요한 것은 몸을 다치거나, 신용을 크게 잃거나, 회복하는 데 시간이 걸리는 실수만큼은 피해야 된다는 점이다. 회복 불가능한 실수가 아니라면 실패는 별 대단한 일도 아니다.

나는 18~19세 때 가장 큰 실패를 경험했다.

주위 사람과의 소통이 서툴렀던 나는 지금까지의 수많은 흑역사라 말할 수 있는 실패를 그때 반복했다. 어떻게든 극복해보려던 고등전문학교 시절도 그랬고, 대학교 때도 동아리를 시작하고 사람들을 모으기는 했으나 남들과 함께 뭔가를 하려고만 하면 대체로 잘 안 되고 사람들이 멀어져갔다.

나는 성격이 까다롭고 집착이 강한편이라 상대방에게 내 조건을 그대로 적용했던 것이다. 그래서 다른 사람이 하는 일을 보고 "왜 이렇게 대강대강 하지? 도대체 넌 믿을 수 없어!" 하며 분노를 표출했다. 이런 성격 때문에 팀워크가 필요한 일에서 많은 실패를 맛보았다. 그러나 지금은 그 실패에서 다양한 교훈을 얻게 되고, 개선할 여지를 발견한 것도 좋은 경험이었다 생각한다.

오히려 그때 나와 같은 자기 스타일과 고집이 강한 사람들과 어울리는 방법도 알게 되었다. 이제는 편안하게 주위 사람들과 교제할 수 있게 되었다.

남들은 내가 3년 반 동안 학교를 다니지 못한 것이 큰 핸디캡이나 트라우마로 남아 있을 것이라 생각한다. 그러나 오히려 나는 남들과 다른 경험을 했다고 생각한다. 그 경험을 강점으로 바꿀 수만 있다면, 그간의 모든 괴로운 경험들이 오히려 가치 있는 경험으로 치환된다는 사실을 알게 되었다.

남들과 다른 일을 하면 바보 취급을 받는다. 도전하면 웃음을 산다. 그래도 세계를 리드해온 자는 항상 그런 바보들이었다.

나의 백의(白衣)는 왜 검은색인가?

서두에서 언급한 바 있지만 나와 처음 만난 사람들은 내 트레이드마크가 되어 있는 **'검은 백의'**가 우선 눈에 띌 것이다.

나는 1년 365일, 여름이건 겨울이건 이 옷을 입는다. 내가 직접 디자인해서 10년 전부터 애용하고 있는 옷이다. 18세 때 태어난 고향인 나라현(奈良県)에서 카가와현(香川県)의 고등전문학교로 진학한 나는 일생의 큰 문제에 부딪혔다. 나에게 어울리는 옷이 세상에 없다는 것을 알게 된 것이다.

그때까지 나는 스스로 옷을 산 적이 없었다. 집에서는 트레이닝복을 입었고, 등교 때는 지정된 교복을 입으면 그만이었다. 그런데 고등전문학교엔 교복이 없었다. 집과 부모를 떠나 기숙사 생활을 시작한 나는 매일 등교를 위해 옷을 골라 입어야 했다.

옷 가게 점원에게 옷을 추천받았는데, 골라준 옷이 나와 정말 어울리지 않았고, 아주 촌스러웠다. 당시 유행하는 스

검은 백의(ver.5) 속에 이렇게 많은 물건을 넣고 다닌다

타일이었다는데 TV나 잡지를 보지 않는 나로서는 전혀 이해할 수 없는 디자인이었다.

고민 끝에 결론 낸 것이 백의였다.

백의는 세계에서 가장 멋있고 쿨한 옷차림이라고 생각한다. 적어도 나는 그렇게 생각한다. 그 넓은 면적에 잘만 구상하면 좀 더 다양한 디자인의 백의를 만들 수 있고, 잘만 활용하면 편리한 기능을 다양하게 쓸 수 있는 백의가 있을 거라고 생각했다. 그러나 아쉽게도 찾을 수 없었다.

원하는 게 세상에 없으면 스스로 만들 수밖에 없다고 생각하고, 멋대로 백의디자이너를 사칭해 백의를 만들기 시작했다.

그런데 이번에는 왜 백의가 흰색뿐일까 하는 의문이 생겼다.

'백의는 흰색이어야 된다.'는 고정관념에 사로잡혀 있는 것 같아 왠지 억울해서 주문 제작한 것이 '검은 백의'였다. 그 후 10년 동안 몇 번이나 개량을 거듭했다. 개량할 때마다 신기한 기능을 여기저기 추가했다. 가슴에 명함주머니를 달았고, 가방을 들고 다니는 것이 싫어 백의 안쪽에는 노트북이나 B4사이즈의 스케치북도 들어갈 수 있는 크기의 주머니를 달았다. 밖에서 볼 때 아무것도 들고 있지 않은 것처럼 보이는 큰 주머니였다.

옷 양쪽에는 주머니와 다른 구멍을 만들어서 단추를 풀지 않고도 안쪽 주머니의 지갑이나 열쇠를 찾을 수 있게 만들었다.

소매 부분에는 전철의 정기권 같은 IC카드를 넣을 수 있는 공간을 만들어 일일이 꺼내지 않아도 팔을 대면 개찰구가 열린다. 물론 자판기에도 쓸 수 있다. 음료수를 수납할 수 있는 전용 주머니도 달려 있어서 옆쪽에 있는 별도 구멍에서 바로 꺼내거나 넣을 수 있어 아주 편리하다.

겨울에는 자주 잃어버리는 장갑도 소매 안쪽에 붙여서 사용할 수 있게 만들었고, 등을 그물망 소재로 만들어서 여름철에 땀 배출을 위한 대비도 완벽하다.

오른쪽에는 펜이나 드라이버 같은 공구를 수납할 수 있고, 왼쪽에는 긴 우산도 넣을 수 있다. 그럼에도 멋이 있는 백의의 독특한 실루엣에 영향을 주지 않도록 주머니는 안쪽에 크게 퍼지게 되어 있어 많이 채워 넣어도 위화감이 생기지 않게 균형에도 신경을 썼다. 기모노 요소를 이용한 하오리(일본옷의 위에 입는 짧은 겉옷) 같은 백의뿐만 아니라 트렌치

코트 스타일의 백의도 만들었다.

요즘은 "갖고 싶다. 어디서 살 수 있나?"라는 문의가 많이 오지만, 이것을 처음 만든 10년 전 즉, 편입한 고등전문학교 같은 반 친구들은 너무나 썰렁한 반응을 보였다. 내 검은 백의는 교실에서 친구를 제로로 만드는 데 기여했다. 고교데뷔가 아닌 전학생데뷔의 가장 큰 실패의 예였었다.

부모님으로부터도 "집에서 반경 10km 내에서 입는다면 부모자식간의 인연을 끊겠다!"는 말까지 들었다. 왜 그렇게까지 심하게 말씀하셨는지 이해되지 않았지만, 남들과 다른 모습을 한 것만으로도 수상한 자 취급을 받고 손가락질을 받는…, 그런 시대였던 것이다. 덕분에 고등전문학교 시절 1년 동안, 친구라고 부를 수 있는 사람은 학년도 다른 콜롬비아인과 몽골인과 라오스인 유학생들이었다.

도쿄로 이사 와서도 얼마동안은 손가락질을 받았고, 경찰에게 불심검문을 받는 일이 일상이기도 했다. 경찰들에게 얼굴이 알려진 후엔 더 이상 나를 불러 세우지 않았다.

지금은 TV에서 검은 백의를 입고 출연해달라고 요청하고 있으며, 오히려 정장을 입어야 하는 예식이나 결혼식장에도 "그 옷차림으로 와주십시오."라는 말을 듣기도 한다. 디자인이 개선된 때문인지 **'제품화 하자'**는 제안도 받게 되었다. "나는 처음부터 좋았다."고 말하는 사람도 있었다. 시대는 변하는 것이다. 자신이 진심으로 좋아하고, 그것을 통해 뭔가를 이루겠다고 생각한다면 주위를 신경 쓰지 않고 끝까지 가겠다는 그런 고집과 정신이 꼭 필요하다고 생각한다. 아무도 생각지 못하는 새로운 것에 도전할 때, 그것은 대개 혼자 가는 길이고 지극히 외로운 길이기 때문이다.

사실 한여름에 검은 백의를 입고 있으면 솔직히 덥다. 그럴 때 나는 늘 스스로에게 질문한다. '더운 것을 참을 것인지, 입고 싶지 않는 것을 입을 것인지.' 이렇게 질문하고 나면 '더위 따윈 문제가 안 돼.' 하고 내면에서 답한다. 검은 백의를 벗는다고 더위를 막을 수 있는 것도 아니다. 오히려 좋아하는 옷을 입고 정신 상태를 향상시키는 것이 더위를 잊게 하지 않을까? 결국 하고 싶지도 않는 일을 해서 쾌적해지는 것보다, 조금 참아서 좋아하는 일을 하는 것이 정신건강상 더 좋다고 생각하는데, 여러분의 생각은 어떠신가요?

이런 인내의 결과가 좋은 점도 있다. 나는 18세까지 더위와 추위를 많이 타는 체질이었다. 여름엔 덥고 겨울엔 추운

'검은 백의'를 10년 동안 입어온 결과 남들보다 더위와 추위에 대한 내성이 생겼다. 비교적 추운 작업실에서도 평상시대로 작업할 수 있어서 편리하다.

검은 백의 착용은 나를 새로운 발상으로 이끌었다. 좋아하는 일이 분명 귀찮은 일과 참아야 하는 일을 능가하여 사람을 단련시킨다면 싫어한 운동도 분명히 자연스럽게 할 수 있게 될 것이다.

나는 계단을 집착에 가까울 정도로 좋아한다. 그래서 계단이 4개나 있는 집에서 살고 있으며, 최근 DIY로 위층 방을 만들고 계단도 5개째를 만들었다. 단층집보다 오르락내리락 하는 운동량이 늘어서 하반신이 단련되는 이점도 있다. 아마도….

인생은 만남에서 만들어진다

인생은 사람과 사람의 만남에 의해 만들어진다.

어디에도 속할 곳이 없는 '고독' 속에서 절망했던 내가 지금은 그다지 고독감 없이 살아가고 있다. 그것은 고맙게도 나를 필요로 한 사람들, 의지가 되어준 사람들, 무엇보다 지금 상태로 이끌어준 사람이 있었기 때문이다. 그런 사람들과 만났기 때문에 지금의 내가 있고, 지금의 내가 만들어진 것이다.

인생의 멘토 혹은 가이더라 할까? 어떤 약보다도 사람과의 만남이 주는 영향은 크다. 좋거나 나쁘거나, 만일 당신이 상황을 바꾸고 싶다면 당신을 이끌어줄, 좋은 영향을 주는 사람과의 만남을 찾는 일이 최선의 지름길이다.

그리고 좋은 만남을 가질 가능성을 높이는 것은 많은 사람을 만나는 것이다. 한 사람만 만나서 그 사람이 멘토가 되는 경우는 거의 없다. 먼저 소식을 전하고, 먼저 연락하고, 여러 곳에 가보아야 많은 사람도 좋은 사람도 만날 수 있는 것이다.

"좋은 사람을 만날 걸 보니 운이 좋으시군요."라는 말을 종종 듣는다. 물론 나도 그렇게 생각한다. 그러나 다시 생각해보면 예전에 많은 사람들을 만났기 때문에 오늘 만나고 있는 이 좋은 사람을 만나고 있는 것은 아닌가 생각된다. 만약 그 사람들을 만나지 않았다면 지금의 운 좋은 만남도 없었을 것이다.

그러나 사람 만나는 일 자체를 무서워하는 사람, 병 때문에 물리적으로 집 밖에 나가지 못하는 사람들은 아무래도 만남의 기회조차 갖지 못한다. 그래서 그런 사람들에게 도움이 되는 도구를 만들고자 하는 것이다. 전동휠체어도 그랬고, 종이접기모임, 검은 백의를 이용한 자기소개도 모두 다른 사람과 만나는 커뮤니케이션 도구로 만들어온 것이다.

커뮤니케이션은 나의 도구 만들기 주제다. 학교를 다니지 않던 시절부터 19세까지의 나는 사람과 만나는 일을 피하는 타입이었다. 옛날부터 단체행동을 싫어했고, 혹은 할 수 없었고, 협동심이 없다는 말을 들어왔으며, 실제로도 혼자 있는 것이 편했다. 학교를 별 탈 없이 다닐 수 있는 사람은 그렇지 않을 것이다. 친구를 만들고, 놀고, 싸우면서 어느 새 커뮤니케이션을 배우고 있다. 이른바 그들은 커뮤니케이션 원어민인 것이다.

나의 18세 시절은 사람과의 만남을 피하고, 게임이나 만화의 세계에 빠지거나, 진지하게 AI 친구를 만들겠다고 생각했던 때였다. 나는 그 후 어떤 계기로 커뮤니케이션 공부와 수행을 맹렬히 추진하게 되었다. 그런 점에서 나는 커뮤니케이션 원어민은 아니다. 의도를 가지고 늦게 입문한 가짜 원어민이다. 그런데 영어 네이티브인 미국인보다 어른이 되어 영어를 배운 비 네이티브인이 오히려 토플 등 영문법 성적이 더 좋은 경우처럼, 비 원어민이 오히려 눈치가 빠르고, 알려줄 것이 많은 경우가 있다. 그런 의미에서 소통에 관한 한 비 원어민인 내가 누구보다도 더 소통할 것이 많지 않을까 생각한다.

고독을 해소하고, 인생을 풍요롭게 살기 위해 필요한 것은 돈도 지위도 아니다.

존경할 수 있는 좋은 사람과의 만남과 시간이다.

자신을 움직이는 감정에 대하여

나에게 **'두근두근 설레는 것'**은 아주 중요하다.

내가 만들고 싶은 것이 조금씩 완성되는 순간, 누군가가 기뻐하고 좋아할 모습, 기대하면 두근두근 설레는 것, 그것이 나를 진지하게 만든다.

내가 등교거부란 흑역사를 쓰면서 은둔형 외톨이로 지내던 시절 중에서 굳이 좋았던 것을 꼽으라면, 완전히 나만의 세계에 빠질 수 있는 집중력을 배운 점을 들겠다. 당시 나는 종이접기를 광적으로 좋아했다. 종이가 흡수한 손가락의 물기를 보충하기 위해 젖은 수건이 완전히 마를 때까지 잠도 안자고 15시간 연속으로 종이를 접기도 했다. 그럴 수 있었던 원동력은 **'두근두근'** 하는 긴장감이었다. 가슴이 쿵쾅대고 설렌다는 의미에서 **'두근두근'**한 감정은 솔직히 정확한 표현 같아 보이지는 않지만, 그 느낌과 감정은 나에게 폭발적인 연료였다. 또한 놀라운 집중력과 결과를 안겨주는 합법적 마약이었던 셈이다.

'두근두근' 하는 마음만 있으면 밤새 코딩을 하거나, 먹고 자는 것도 잊은 채 수십 시간동안 단순작업도 할 수 있었다. 나무집을 짓거나, 하루 종일 거대한 케이크를 굽고, 힘들기만 했던 대인관계도 극복할 수 있었다. 또 경연에 내보낼 이족보행 로봇을 3개월 만에 완성시키는 것도 가능했다.

한편 내가 학교를 다니지 못한 원인이었으며, 극복 할 수 없었던 것은 바로 누군가 나에게 의무를 부여하는 것이었다. 남이 쥐여준 일은 할 수 없었다. 가령 숙제 같은 것, 책상 앞에 가만히 앉아 숙제를 하는 일은 정말로 못했다. 병적으로 못했다. 외운 기억은 다 날아갔다. 그런 것들은 흥미가 없었다기보다는 '두근두근' 하지 않는 일이기에 거의 못했다. 대학교 1학년 때 내 학점은 A+와 F 밖에 없었다.

부모님에 대한 효심, 돈, 지위, 장래에 대한 초조함, 책임감 등은 나를 결코 움직이지 못한다. 참을 성 없는 나는 남들과 비교해서 못하는 일이 너무나 많다. 그렇다 해도 하고 싶은 일을 하기 위해 하고 싶지 않는 일을 해야 할 때도 있다.

나는 다른 사람들보다 못하는 일이 압도적으로 많고, 상식도 지식도 빈약하다. 그래도 무엇인가 '할 수 있다'는 자신감은 누구보다 크다. 어떤 일에 몰입하게 만들어 스스로를 움직이는 방법을 알고 있기 때문이다. 나는 이 방법을 어느 정도 조작하는 것도 가능하다.

사람마다 열정을 다하는 일은 각기 다르다.

【부탁 받은 일, 지식욕, 출세욕, 책임감, 의리, 체면, 이타심, 돈, 자기 현시욕, 정의감, 자기실현, 남에게 인정받는 것, 기대에 부응하기, 친한 사람의 미소 등.】

사람에 따라 원동력은 여러 가지 다양하게 있을 수도 있겠지만, 나에게는 스스로에게 동기를 부여하고, 열정적으로 행할 수 있게 하는 일이 무엇인지 아는 것은 매우 중요하다. 나에게 가장 중요한 것은 **'두근두근 설레는지'** 여부다.

하지 않으면 안 되는 일이나, 책임을 느끼거나 다급할 때는 어떻게 하면 나를 '두근두근 설레게 할 수 있을까'를 먼저 생각한다. 바로 두근거려 할 수 있는 일도 있지만 그렇지 못한 경우 산책을 하거나, 노래를 부르거나, 종이접기를 하고, CAD나 문장을 쓰고, 수다 떨기 등 어떤 방법을 써서라도 나의 '두근두근' 스위치를 찾으려고 애쓴다.

내가 지금까지 하기 싫은 것 참으면서, 할 수 없이 한 일이 성공하거나 잘 된 것은 거의 없다. 9할은 실패했다. 반대로 '두근두근' 하며 하는 일들은 상상도 못할 만큼 큰 힘이 발휘된다. 목표를 150점 돌파하고 어느새 성공적으로 일들이 마무리된다. 과거 커뮤니케이션 장애자였던 나의 인간관계에 대한 지론은 **'커뮤니케이션은 리액션이다.'** 였다. '두근두근' 하는 느낌은 도대체 어디서부터 오는지에 대한 물음엔 **'앞으로 일어날 일에 대한 리액션 상상'**이라고 명명해본다.

상대방의 놀란 얼굴은 어떨지 상상하거나, 성취감이나 만족감을 느낄 나 자신의 리액션을 상상하는 일이 바로 그 '두근두근 설렘'의 근원이기 때문이다. 그러므로 '두근두근' 하는 내 설렘의 근원은 바로 미래에 있는 것이다.

자 그럼, 나의 고독은 언제부터 어떻게 시작되었고, 어떻게 해소하여 지금은 남의 고독을 지워주는 로봇 커뮤니케이터가 되었는지 나의 어린 시절로 돌아가보자.

2장

정답은 없다. 다른 방법이 있어도 좋다

학교를 다닐 수 없는 기간에 체험한 것

학교는

당연한 가는 것이 아니다!

가고 싶을 때 가는 것이다!

남과 어울리지 못했던 어린 시절

나는 좀 특이한 아이였던 것 같다. 어린이집에서도 모두가 TV로 가면라이더를 보는 시간에 난 혼자 방 한구석에서 종이접기를 하거나 공작을 했다. 선생님들이 잠깐 한눈을 파는 사이에 1km나 떨어진 집으로 도망치곤 했던 아이였다.

여하튼 집단행동을 싫어했다. 유치원도 체육대회 연습이 지겨워서 도망 다녔다. 초등학교 때는 교실에서 의자에 앉아 있어야 하는 일이 고통스러워 여러 번 교실에서 도망쳐 나왔고 남자 선생님들에게 쫓겨 다녔다.

어른이 들어가지 못하는 작은 하수도 속으로 도망가거나, 뒷산으로 도망가는 바람에 선생님들이 수색조를 편성할 정도였다. 도망칠 수 없었을 때는 사물함에 밤 8시정도까지 숨어있었던 적도 있었다. 한 번은 학교 운동장 아래에 석회동굴이 있다고 믿고 밤늦게까지 구멍을 계속 파내려간 적도 있었다. 선생님들로부터 머리가 이상하다는 말을 들었다. 무엇이든 만들기를 좋아했고, 도서관에 있는 공작관련 책은 거의 다 읽었다. 커다란 도감을 항상 들고 다녔기 때문에 '두근두근 씨', '박사 군'이라는 별명으로 불리기도 했다. 도망가는 것보다 낫다고 수업 중에 책상 위에서 골판지나 종이로 공작하는 일이 묵인되기도 했다.

어른들과 노는 것도 좋아해서 쉬는 시간에 교무실에 놀러 가거나, 교장실에서 교장선생님과 쓰레기통에 빈 캔을 얼마나 넣을 수 있는지를 경쟁하는 초등학생이기도 했다.

제멋대로긴 했지만 내가 만든 공작은 교실에서 인기가 좋았으며, 내가 만든 것을 가지고 친구들이 노는 것을 보며 흐뭇해했다.

첫 번째 드롭아웃

3년 반 동안의 은둔형 외톨이 생활의 시작은 사소한 일 때문이었다. 초등학교 5학년이 되면서 정신적으로 성장하게 된 반 친구들은 더 이상 내가 만든 공작품에 관심을 갖지 않게 되었다. 동시에 공부도 숙제도 하지 않고, 정신연령이 어리고 좋아하는 일밖에 하지 않는 나는 조금씩 친구들로부터 고립되었다.

그때 정말 좋아했던 할아버지가 병으로 돌아가셨는데, 나는 그 충격에 건강이 많이 나빠져서 병원에 입원하는 일이

잦았다. 학교를 못가는 일이 점점 많아지고 길어졌다.

한동안 학교를 가지 않고, 얼굴도 내밀지 않다보니 학교와 교실이 아주 멀게 느껴지며 무서운 곳이 되어버렸다. 가끔 학교에 가게 되었을 때도, 정말 몸이 좋지 않았지만, 건강했었을 때 했던 장난을 하곤 해서 친구들로부터 꾀병이라는 말을 자주 들었다. 그렇게 되자 나는 학교 가는 것이 싫어졌고, 방에서 버티기 일쑤였다. 부모님과 담임 선생님은 그런 나를 억지로 학교에 데리고 가려 했던 적이 한두 번이 아니다. 이런 일이 반복되자 나는 몸 상태도 정신 상태도 악화될 대로 악화되었다. 잘 지내는 듯하다가 역시 꾀병이냐는 말을 듣지 않기 위해 학교에서 더 이상 웃거나 떠들면서 장난칠 수가 없었다.

6학년에 올라갔을 땐 나를 걱정한 선생님의 제안으로 학교 안에 나만의 교실이 만들어졌다.

"교실에 안 가도 되고, 반 친구들과 만나지 않아도 돼. 급식을 먹지 않아도 된단다. 공부도 하고 싶을 때 여기서 하면 돼. 다른 친구들보다 늦게 나와도 되고, 일찍 집에 가도 돼."

게다가 더욱 기뻤던 일은 "도서실에 책갈피가 모자라는구나.

요시후지가 공작으로 많이 만들어줄 수 있니?"라고 하시며 나에게 '역할'을 주신 일이었다. 학교 자료실은 다다미 4장 정도의 갸름하고 어둡고 썰렁한 방이었지만 나는 그 방이 아주 마음에 들었다.

나는 의욕적으로 다양한 모양의 책갈피를 만들었다. 종이 접기와 종이 공작으로 하나하나 붙여 만들었다. 가끔 이전 담임 선생님과 신경을 써주신 선생님이 방문해서 내가 만든 책갈피를 보며 놀라거나, 맞춤 주문도 제안해주셨다. 남들에게 내가 필요하다는 것이 기분이 좋았다.

나만의 교실인 자료실에서 나는 급식대신 어머니가 싸준 도시락으로 점심식사를 했다. 선생님도 내 식사에 동무가 되어주셨다.

책갈피 만들기에 보람을 느끼면서 자료실이 내가 있을 곳이라고 느끼게 되었다. 교실에 돌아갈 수 있을 정도로 조금씩 정신적으로 회복되어 가던 어느 날 교무회의가 열렸다. 한 학생만 특별취급 할 수 없다는 결정이 내려져 나만의 교실이었던 책갈피공방은 두 달 만에 조산아가 되고 폐쇄되었다.

그 후 얼마간 일주일에 며칠은 교사휴게실 소파에서 그림을 그리거나 놀고 있었다. 그런데 그것마저 특별취급이라며 어느 날 엄격한 교사에 의해 교실로 돌려보내졌다. 교사 마음대로 취급당하는 그곳에 내 자리는 없었다. 정신적으로도 더 힘들어졌고, 남들 앞에 있는 것조차 무서워졌다. 새로운 환경을 접해보라는 제안에 소년축구단에도 가입해보았지만 자주 결석하게 되다보니 거기에도 내 자리는 없었고, 그곳도 그만두게 되었다. 앞이 보이지 않는 긴 은둔형 외톨이(히키코모리) 생활에 돌입하게 된 것이었다.

무엇이든 끝까지 하면 처음의 불평이 사라진다

종이접기는 할아버지 할머니께서 처음 가르쳐주셨고, 난 거기에 빠졌다.

초등학교에 들어가게 되면 내가 반에서 제일 종이접기를 잘 하는 아이이고 싶었다. 그래서 더 어려운 작품을 접하기 위해 자동차로 40분 떨어진 나하현(奈良県) 카시와라시(橿原市)에 있는 큰 도서관에 가서 매주 책을 빌렸다.

매번 종이접기와 공작책은 물론 다른 분야의 책도 빌렸다. 또 도서관 아래층에는 과학관이 있었는데, 거기에 있는 과학

퀴즈에 모두 답할 수 있을 정도로 다녔다. 당시 나는 과학자가 되는 꿈을 꾸고 있었는지도 모르겠다.

종이접기를 좋아했지만 사실은 내 적성에 맞지 않았었다고 생각한다. 책에 실린 대로 다음은 여기를 접고 그 다음은 거기를 접어라 하는 작업은 금방 지루해지고 싫증이 났다. 열심히 접어서 완성시킨 것에 주름이 많아 선생님은 쓰레기인줄 알고 버리기도 했다.

책대로 따라하는 종이접기가 싫증이 나 그만두려고 생각했다. 그러나 '아무도 시도한 적 없는 나만의 접기 방법을 만들' 생각에 아홉 살 때부터는 창작 종이접기를 하게 되었다. 그렇다고 갑자기 뚝딱하고 작품을 만들어낼 수 있게 될 리도 없다. 어느 날 종이를 꾸깃꾸깃 동그랗게 만들어서 선생님께 "산!" 하며 보여드렸더니, "이런 것은 종이접기가 아니다." 라고 말씀하셨다. 그것이 억울해서 "이런 종이접기가 있어도 되지 않겠어요?" 했더니, "종이접기는 책상 위에 종이를 두고 끝과 끝을 정확하게 맞춰서 정교하게 접는 거야! 네가 만든 건 종이접기가 아냐!" 하며 역정을 내셨다.

그 후 나만의 방식으로 종이접기를 하게 되었고, 창작 작

정교하게 만든 창작 종이접기
아래는 만난 사람에게 즉흥으로 꺾어주는 '요시후지 장미'. 수십 초 동안 순식간에 만들어진다

품을 수없이 만들어서 발표했다. 책상을 쓰지 않고, 접지도 않고, 주름도 만들지 않고, 오직 나의 감각만으로 만든 창작품들이었다. 선생님께 보여드리면 "이런 종이접기는 본 적이 없어. 대단하네!" 하며 칭찬해주셨고, 그것이 자랑스러웠다. **'무엇이든 끝까지 하면 처음의 불평이 사라진다.'**고 초등학교 5학년 때 느꼈다.

학교를 다닐 수 없었을 때는 운동도 공부도 못하는 내가 이 종이접기만이 유일하게 남에게 자랑할 수 있는 특기가 되었다. 어떤 날은 하루 15시간 동안 접을 정도로 빠져들곤 했다. 당시 부모님은 내가 종이접기 외에 공부나 장래를 위한 일을 하기를 바라시며 많은 걱정을 하셨지만 결과적으로 이 종이접기 경험이 지금 나의 물건 만들기로 이어지게 된 것이다.

고독의 악순환

학교를 다니지 않던 시절에 가장 크게 밀려드는 것은 고독감이었다.

학교에 나오지 않는 학생은 나뿐이라 내가 친구들과는 유별나다는 것도 자각했다. 중학교에 입학하고 나서는 상태가 더욱 악화되었다. 어떻게 남들에게 혐오감을 주는지, 왜 다른 사람 몸의 통증을 이해해주지 못하는지 알 수 없었다.

친구들보다 공부도 마음의 성장도 크게 뒤쳐진다는 **열등감**이 생겼다. 누군가를 만날 때마다 장래를 생각해라, 이대로 있으면 되겠냐는 협박(?)을 받았다. 상심한 가족의 얼굴을 볼 때마다 **초조함**에 사로잡혔다. 집 밖 거동을 하지 못하는 몸도 약한 나에게는 아무것도 없었다. 아무도 나를 원하지 않는다는 **무력감**…, 그런 것들이 머릿속을 칭칭감고 맴돌았다. 다른 사람과 만나면 나도 모르게 그들과 비교해서 더 부정적으로 되어버리니까 사람을 멀리하게 되었다. 가장 심할 때는 천장을 바라보기만 하는 나날이 이어졌다.

어떻게든 등교하는 날도 있었고, 중학교 입학 후에는 환경이 바뀐 탓도 있어 자주 학교에 갔다. 그러나 결국 '자주 쉬는 학생=괴짜' 취급을 받아 이지메(따돌림) 대상이 되어서 다시 다니지 않게 되었다.

학교에 간다고 해도 자주 몸 상태가 악화되어 의무실 침대 신세를 지는 꼴이 되었다.

이불을 머리끝까지 덮어쓰고 누워 있으면 기분이 편해졌

다. 그런데 공교롭게도 아버지가 같은 학교 선생님이셨다. 내가 의무실에 누워 있으면 아버지가 나타나 교실로 돌아가라 말씀하셨다. 열혈 교사였던 아버지는 같은 학교에 다니는 아들의 등교 거부 때문에 꽤 불편하셨을 것이다.

그때 나의 심정은 '모든 일이 괴롭다.'였다. 모든 것이 엄격하다는 것도 괴롭고, 부드럽게 되는 것도 괴롭고, 남들이 신경 써주는 것도 미안해서 괴롭고, 혼자 있는 것도 괴로웠다.

일반적으로 남이 나에게 무엇인가 해줬을 때 '감사합니다.' 하고 인사하는 것은 당연하다. 뭔가 해줄 때마다 말로 표현해야 된다. 그렇지 않으면 상대방의 마음을 상하게 한다.

그런데 평소 남에게 '감사합니다.'라는 말을 들을 일이 없는 무력함으로 가득한 나는 남에게 감사의 말을 표하는 것에서조차 나의 무력감을 통감하는 지경에 이르게 되었다. 그러다보니 감사의 표현도 하지 못하는 놈이란 생각이 들고, 나는 더욱 고립된다.

사람들과 만나지 않는 나날이 길어지자 상황이 더욱 악화되었다.

고립되어 있다 보니 언어능력이나 인식능력도 저하되어 다른 사람과의 대화가 정상적으로 이루어지지 않게 되었다.

사람과의 만남 자체에서 열등감을 느꼈고, 상대방이 나를 어떻게 생각하는지 얼굴의 주름살이 움직이는 것만 봐도 무서웠다. 그렇게 더욱 사람들 앞에 나가지 못하게 되었다. 이것은 **'고독의 악순환'**이다. 정말로 아무것도 못하고 괴로울 때 갑자기 소리를 지르고 싶어지고, 충동적으로 물건을 던지고 싶어진다. 뿐만 아니라 이것을 억제하는 것만으로도 더욱 스트레스가 쌓인다.

여기서 나 자신마저 나를 싫어하게 되면 끝이라고 생각했다. 그래서 나 자신만은 나를 좋아하자고 의식적으로 노력했다. 이런 상황에서 그나마 나를 견딜 수 있게 해줬던 것이 취미인 종이접기였다.

학교 의무실에서 종이를 접어서 꽃을 만들면 선생님이 기뻐하며 벽에 걸어주었다. 이렇게 나의 종이접기를 보고 반가워해주는 사람이 여러 명 나타났다. '나도 누군가를 기쁘게 할 수 있는 일이 있구나.'라는 생각이 나에게 조금씩 활력을 넣어주었다.

여담이지만 그때 의무실에서의 종이접기 때문에 같은 취미를 가진 혼다 야스시(本田泰史)와 얼마 후에 친구가 되었고, 10년 후에는 로봇 개발에 큰 도움을 주는 크리에이터로 만나게 되었다.

고독한 일상 끝의 만남

중학교 1학년 여름이 오기 전 어느 날, 종이접기를 할지, 게임을 할지, 잠을 잘지 머뭇거리며 뒹굴고 있을 때 어머니가 갑자기 "로봇경연대회 참가신청을 했다."고 말씀하셨다. 도대체 무슨 생각으로 그러셨을까 생각해보니 내가 어려서부터 NHK의 로봇경연프로그램을 즐겨 보는 것을 아셨던 것이다. 마침 신청한 대회장소가 여러 번 다녀왔던 만요홀(萬葉ホール)의 과학관이기도 해서 참가를 결심했다.

이 경연대회는 '곤충로봇경연대회'인데, 시중에서 판매하고 있는 곤충로봇을 조립하고 프로그래밍해서 목표지점까지 이동시키는, 말하자면 시간을 겨루는 대회였다. 각 참가자는 제공받은 PC로 전용 통신케이블을 통해 로봇에 보내는 신호를 프로그래밍한다. 프로그래밍이라면 어렵게 생각할지도 모르지만 '좌우의 모터를 앞으로 5회전', '오른쪽의 터치센서에 닿으면 1회전 뒤에 물러서고, 오른쪽의 모터만 1회전 해서 선회한다' 등 비교적 간단한 것이다. 실은 Windows

용 PC를 자세히 만진 것은 이번이 처음이어서 왠지 묘하게 기뻤다.

주변에는 공부를 잘할 것 같은 사람들만 보였다. 키보드를 안보고 치는 블라인드 터치를 익힌 사람도 있었다. 너무 진지한 얼굴로 화면을 뚫어지게 보며 프로그램 하거나, 다른 참가자와 자신의 프로그램에 대해서 의견을 나누거나, 로봇을 만지면서 머리를 싸매고 골머리를 앓는 모습도 보였다.

나는 머리로는 이길 수 없다고 판단했다. 프로그램을 조금만 변경한 후 바로 연습용 코스를 여러 번 달리는 연습을 반복했다. 그러면서 남들보다 시행과 실패를 더 많이 반복하는 전략으로 나섰다. 나는 생각하며 신중히 움직이는 것보다, 반복된 시도를 통해 익숙해지는 방법을 택한 것이다.

로봇의 발은 이족가변식(二足可變式)으로 되어 있는데, 이것을 조금이라도 바꾸면 만든 프로그램을 못 쓰게 된다. 다른 참가자는 어쨌든 로봇의 발 모양에 집착해서 나름대로 변형해버렸지만, 나는 반대로 처음 발 모양 그대로 전혀 손대지 않고 후에 프로그램 변경만으로 승부할 작전을 짰다.

결과는…, 와 우승! 2번의 실험 시간을 합산해서 우승을 결정하는데, 첫 번째 도전에서 가장 빠른 시간을 기록한 우승

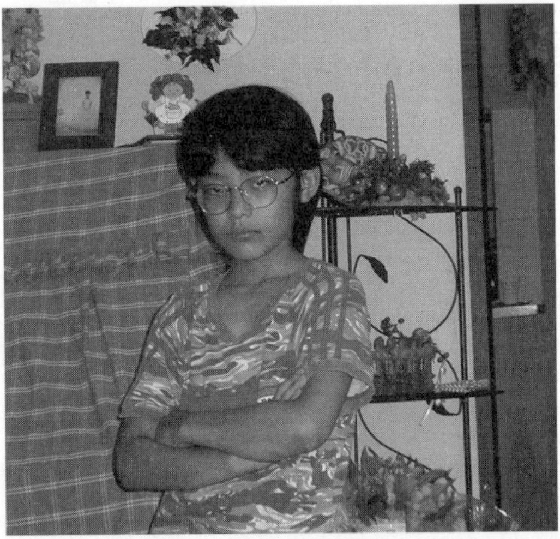

초등학교 시절의 저자, 요시후지 켄타로

중학생 때 참가한 로봇대회가 인생을 바꿨다

후보자가 두 번째 도전에서 그만 실패하고 말았다. 2번 다 성공한 참가자는 나뿐이었다.

우연한 일이지만 이 우연이 이후의 내 인생을 바꾸어 놓았다. 어쨌든 대회에서 우승한 직후는 기뻤으나 특별히 자랑스런 감정은 없었다. 등교 거부에서 복귀하는 일도 없었다. 요양을 하며 가끔 학교에 갔다가 힘들어지면 조퇴하는 나날을 1년 동안이나 반복했다. 그동안 어머니의 권유로 2개의 로봇경연대회에 더 출전했지만 수상하지는 못했다.

우승한 대회부터 1년 후의 여름, 오사카에서 '로봇페스티벌 칸사이 2001'이라는 로봇축제가 개최되었다. 전국에서 다양한 로봇들이 모이고, 많은 이벤트가 1주일간 실시되는 큰 로봇축제였다.

그 로봇축제의 마지막 날에 '곤충로봇경연대회 그랜드챔피언십'이라는 대회가 있었으며, 칸사이의 여러 곳에서 실시된 대회의 각 우승자가 출전할 수 있다고 했다. 내 이름도 토너먼트에 기재되어 있었다. 나는 만요홀의 대회용 코스를 빌려서 하루 종일 사전 준비를 했다.

본 대회는 순조롭게 결승전까지 올라갔지만 결승전에서 패하고 말았다. 그때 인생에서 처음으로 "제길!"이라고 외치고 주먹을 쥔 것을 기억한다. 주먹을 쥐는 일은 만화 속의 세계라고 생각했었는데…, 2위라는 것이 그렇게 억울한지 몰랐었다.

그러나 그 대회에서 나에게 아주 중요한 만남이 있었다. 전시회장 내에 나보다 큰 로봇이 움직이고 있었다. 그 로봇은 놀랍게도 보조 바퀴가 있기는 했지만 외발자전거처럼 움직였다. 준우승 경품으로 받은 유료 책자 안에 이 로봇에 대한 소개가 자세히 쓰여 있었는데, 개발자가 대회장소가 있는 고등학교의 선생님이라고 기재되어 있었다.

이 선생님의 제자가 되면 굉장한 로봇을 만들 수 있겠구나. 남에게 도움을 줄 수 있는 로봇을 만들 수 있을지도 모른다고 막연히 생각했다.

이 로봇을 전시하신 선생님, 쿠보타 켄지(久保田憲司) 사부님과의 만남이었다.

히키코모리로부터의 탈출

요즘은 '제자가 된다.'라는 말은 일반적이지 않다. 그러나 학교를 다니지 않던 시절의 나는 세상에 대해 잘 몰랐다. 단지 만화에서처럼 사람들은 모두 누군가의 제자가 되어 어른이 된다고 믿고 있었다. 대회 직후 나는 쿠보타 켄지 선생님을 내 마음대로 사부님으로 정했고, 사부님이 계신 학교로 진학하겠다고 결심했다.

로봇을 만질 때 눈을 반짝이며 집중하는 나를 눈여겨 본 어머니는 고등전문학교나 공업고등학교에 진학하라고 권했다. 그 학교에서 로봇경연대회에 출전하는 학생들은 넓은 체육관 같은 제작실험실에서 아침부터 밤늦게까지 공작에 전념한다고도 귀띔해줬다.

쿠보타 선생님이 나라현립(奈良県立) 오우지(王寺)공업고등학교에 재직 중이시란 얘기를 듣고, 쿠보타 선생님의 제자가 되어 아침부터 저녁까지 공작에 전념하고 싶다는 마음이 샘솟았다. 그런데 로봇은 아주 머리가 좋은 사람이 만드는 것이란 이미지가 있었던 것도 사실이다. 물리와 수학, PC, 영어 등 여러 과목에 능통해야 할 것 같았고, 그저 나에겐 뜬구름 잡는 일만 같았다.

그 당시 나의 학교 성적은 국어, 수학, 과학, 사회, 영어 다섯 과목 합계가 100점을 밑돌았다. 과학 자체는 좋아했지만 흥미가 편중되어 있었기 때문에 시험성적은 형편이 없었다.

아무리 생각해도 나에게는 무리라고 생각되었다. 그래도 혹시나 쿠보타 선생님의 제자가 되면 길이 열릴지도 모르겠다. 그 외에는 길이 없다. 그렇게 생각하며 매일 좋아하는 가수 나카지마 미유키의 노래를 틀어놓고 교과서 내용을 공책에 옮겨 쓰기 시작했다.

다행히(?) 나는 같이 놀 친구가 없었고, 종이접기도 일시적으로 중단해서 중학교 3학년 1년 동안은 거의 매일 공부만 했다. 좋아하는 것과 달라 집중력이 오래가지 못했고, 체력도 뒷받침되지 못했다. 학원에도 다녔지만 학년별 가장 열반이었으며, 거기서 불량배들에게 따돌림을 당할 때는 웃음밖에 나오지 않았다.

공부를 해도 성적은 좀처럼 오르지 않았다. 특히 외울 것이 많은 과학이나 영어, 사회 과목의 성적은 엉망이었다. '사람은 누구나 노력하면 할 수 있다.'거나 '내가 해냈으니, 너도 할 수 있다.'는 말을 전혀 믿을 수 없었고, 싫어했다. '그건 너희들이나 그렇겠지. 똑같이 보지 말라고.'

공식을 외우지 못해 여러 번 혼났고, 그것 때문에 스트레스를 받아 또 복통이 나곤했다. 그럴 때는 종이접기나 좋아하는 일을 해서 정신적으로 회복한 후에 다시 공부를 했다.

그렇게 반복하다보니 조금씩 정말로 조금씩이지만 성적이 오르기 시작했다.

학교는 가고 싶을 때 가는 곳

효율적인 학습방법을 배우기 위해 학원에도 나가고, 집에서도 공부했다. 종이접기나 공작이라면 15시간도 연속으로 할 수 있는데, 공부에는 그런 집중력이 전혀 발휘되지 않았다. 나는 공부가 적성이 맞지 않다며 푸념하던 때이지만 그때가 내 인생에서 가장 공부를 많이 한 1년이었다. 중학교 3년 동안의 공부를 반년 만에 하는 일이었고, 공부가 싫다 싫다 푸념하면서도 공책에 계속 옮겨 쓸 수 있었던 것은 목표가 생겼기 때문이었다.

목표가 생기니 조금씩 학교를 다닐 수 있게 되었고, 수업도 들었다. 그러나 다른 학생과는 진도 자체가 달라 수업을 잘 따라가지 못했다. 자연스럽게 독학을 하게 되었고, 질문이 생길 때만 학교에 갔다.

이때부터 나에게 학교는 '당연히 다녀야 하는 곳'이 아니라 '가고 싶을 때 가는 곳'이 되었다. 이런 생각은 고등학교와

고등전문학교, 대학교를 거치면서 더욱 고착화되었고, 내가 하고 싶은 일을 취사선택하는 데도 도움을 주었다.

그 당시 내가 학교에 가는 이유는 교과 담당 선생님에게 질문하기 위해서였다. 또 그것은 동경하는 선생님의 제자가 되어 공작을 제대로 배워보겠다는 열망의 다른 표현이기도 했다.

정답은 하나가 아니다.

그렇게 생각하게 된 것도 그 무렵이었다.

3장

가슴이 두근두근 하는 일을 하라

공작으로 보낸 3년

'나는 고독을 없애기 위해 태어났다.'

아니

그렇게 말할 수 있는 사람이 되자.

사부의 제자가 되다

공고 입학식 날 제일 먼저 동경해마지 않던 쿠보타 선생님을 찾아갔다. 하지만 그날은 학교에 계시지 않았다. 다음날 아침 일찍 등교한 나는 출근하는 선생님을 기다리고 있었다.

당시 심할 정도로 낯을 가리던 나는 "제자로 받아주십시오!"라 외치는 연습을 하고 있었다. 선생님께서 나타나자 결국 준비했던 말을 다 잊어버리고 "저, 저기 쿠보타 선생님이십니까…." 하며 우물쭈물 소곤소곤 말을 건네고 말았다. 좋은 인상이 아니었을 것으로 생각된다.

그럭저럭 선생님 밑에서 공작을 배우고 싶어서 입학했다, 라는 취지를 전달했다. 선생님께서는 "알았다. 따라오너라!" 라고 말씀하시며 한 구석방으로 나를 데리고 가셨다. 천장에서 내려온 길쭉한 문이 열렸다. 매우 은밀해 보였던 그 장소는 내가 고교시절 3년 동안 사부님께 혼쭐이 나가며 작업했던 '진로 지도실'이었다.

선생님께서는 내가 중학교 시절 로봇경연대회에서 2번이나 수상했다고 듣고 대단한 놈이 들어왔다고 생각하신 것 같았다. 쿠보타 선생님이 갑자기 물으셨다.

"이런 것이 한 적이 있니?", "이것은 알고 있니?"라는 질문에 나는 거의 대부분을 "아니요. …, 없습니다."라고 대답할 수밖에 없었다.

"뭐야? 아직 멀었군." 하시며 낙담하시던 선생님의 그 표정을 지금도 잊을 수 없다.

"잘 들어라. 아무리 사실이라 해도 상대방에게 기대를 안기는 말은 하지 마라. 그럼 그 기대 이상을 해야 한다. 언제나 그렇다. 조금 안다고 다 할 수 있는 것처럼 말하지 마라." 라고 말씀하시며 어리둥절해 하는 나에게 서랍 속에서 조그만 물건 하나를 꺼내주시며 "사용법을 잘 익혀라."라고 말씀하셨다. 주머니 사이즈의 조그만 포켓PC였다. 컴퓨터라 해도 Windows 등이 들어있는 것은 아니고, 보기에는 키보드가 달린 함수 계산기 같은 것이었다. 144×48도트의 흑백 스크린이 달려 있고, 30KB의 데이터를 저장할 수 있으며, C언어, BASIC, CASL(어셈블리 언어)를 입력할 수 있었다.

당시 고급 노트북의 메모리가 512MB였던 것을 감안하면 결코 성능이 좋은 것은 아니었지만 이 포켓PC를 모든 학생들이 빠짐없이 소유하고 있다는 것이 중요했다. 교재란 이유로 수업 중에 꺼내 놓아도 교사에게 제재를 받지 않았고, 포켓PC끼리 케이블로 연결해서 데이터를 주고받을 수 있는 것이 큰 장점이었다.

어떻게든 낯가림을 극복해보려고 부반장 후보에 나서기도 했다. 교실에서 친구 만들기가 서툰 나였지만, 내가 만든 프로그램은 '수업 중에도 놀 수 있는 게임'이어서 학교 전체에서 유행하기도 했다.

다마고치 같은 일종의 육성게임이었는데, 수업 중에도 선생님의 눈을 피해 캐릭터를 키웠고 쉬는 시간에 통신 대결을 하면서 노는 게임이었다. 친구들이 소중하게 키웠지만 실수로 죽인 캐릭터를 부활시키는 코드를 만들어서 매점의 빵과 교환하기도 했다. 그만큼 내 간식이 풍성해지기도….

1학년 여름방학이 시작되기 전 'Made by Yoshifuji' 게임이 학교 전체에 퍼져나갔다.

취약한 사교성을 잘 하는 일로 커버하다

쉬는 시간이 되면 친구들이 게임 공략법을 물어보기 위해 내게로 오거나, 게임의 오류 리포트를 건네주기도 했다. 누군가 게임의 승률을 높이기 위해 파라메타 메모리를 변형하는 버그를 만들려 할 때 그것을 미리 탐지해서 버그로 작동될 수 있는 캐릭터 코드를 숨겼고, 또 이런 방어막까지 뚫고 메모리의 파라메타를 조정하는 툴을 만드는 자가 있어서 그 툴이 사용되는 것이 탐지되면 포켓PC 자체를 초기화 상태로 돌리는 코드를 숨겨놓는 등 공방전이 즐거웠다.

포켓PC는 C언어 처리속도는 빠르지만 30KB의 메인 메모리 용량을 금방 써 버리게 된다. 한편 포켓PC의 BASIC은 인터프리터 언어라 해서 프로그램 코드를 한 줄씩 실행하기 때문에 메모리를 절약할 수 있는 반면 속도가 늦다. 이런 특성들을 서로 잘 이용해서 계속해서 새로운 게임으로 만들어 가는 감각은 초등학생 때 '공작박사'라고 불렸을 때와 같았다.

나는 혼자서 공부하는 것을 내켜하지 않지만, 내가 만든 것을 사람들이 좋아해준다면 그것을 위해 몇 시간이든 싫증내지 않고 집중할 수 있다. 사부님께 매일 만들 것을 보여드리러 가면 "대단해!" 하시며 아낌없이 인정해주신 것도 나의 프로그램 능력을 향상시키는 계기가 되었다.

등굣길 전철 안에서도 틈만 나면 계속 프로그래밍을 했다. 쉬는 시간이면 게임 중독자들이 모여 떠드는 화제의 중심은 바로 내 게임이었고, 나였다.

특히 재미있었던 일은 수업 중에 게임을 하면서도 어떻게 선생님에게 들키지 않느냐 하는 것이었다. 화면을 위장하면 공학용 계산기를 쓰는 것으로 보이지만, 정보계통 선생님께는 특정한 조작을 하고 있으면 금방 들키고 만다. 그래서 그 일에 대비해서 선수를 쳤다.

포켓PC가 필요 없는 수업에서는 책상 밑에 발로 조작할 수 있는 컨트롤러를 만들어서 나누어 주었고, 보다 정밀한 조작을 위해 초음파 센서를 달아 발의 자연스런 동작을 감지해서 조작하는 비접촉 슈팅게임을 만들어 배포하기도 했다. 지금은 아닐지 모르지만 그 당시 공고는 불량배들이 모이는 아지트라는 이미지가 있어서 교사와 학생들과의 충돌은 일상적인 일이었다. 교사들은 학생들의 지도를 위해 지혜뿐만 아니라 완력도 필요로 하는 세계였다.

체육교사가 바리캉을 들고 다니며 품행이 나쁜 학생의 머리를 밀기도 했다. 지금은 체벌에 해당되어 못하겠지만 당시는 그런 말조차 없던 시절이다. 담배를 피우다 근신당하는 일을 오히려 훈장처럼 여기기도 했다.

그런데 지금까지 제대로 수업을 듣지 않던 학생들이 갑자기 진지한 표정으로 포켓PC를 보고 있는 것이다. 교사가 의심을 품은 건 당연지사다. 화면에 떠 있는 RUN을 클릭하면 'Made by Yoshifuji'라는 로고가 뜨기 때문에 누가 만들었는지 바로 들켜버렸다. 나는 설마 모든 친구들이 그렇게 내 게임을 즐기게 될 줄이야 몰랐던 것이다. 바로 교무실로 불려갔다. 학과장님이 압수한 포켓PC를 보여주며 "이것을 만든 게 너지?"라고 말씀하셨다. 혼날 줄 알았는데 "넌 대단한 놈이야! 3학년 학생도 이렇게까지 만들 수 있는 애는 없어! 좀 진지하게 컴퓨터를 공부해라!"

그렇게 말씀하시며 초급 IT 패스포트(시스템관리자 국가자격시험)라고 써 있는 교재를 읽어보라고 주셨다. 그 당시 나는 16MB의 USB 메모리가 어느 정도 용량인지도 모르고, 원래 USB라는 말조차 몰랐던 때였다. PC키보드의 블라인드 터치도 익히지 못했고, 포켓PC의 키보드 입력이 훨씬 빨랐었다.

이 일을 계기로 나는 컴퓨터에 푹 빠져 고교 2학년 때는 IT 패스포트 초급시스템관리자 자격증을 취득했다. 보통은 정보계열 대학생이나 직장인이 첫해에 취득하는 자격증이라 했다. 나는 스스로 공부를 못하는 줄 알았는데 흥미를 가진 일은 공부도 잘 할 수 있다는 사실을 알게 되었다. 중요한 것은 내가 흥미를 가질 수 있는가 하는 것이었다.

게다가 전부터 흥미가 있던 3D 컴퓨터그래픽 공부도 시작했다. 독학으로 3D애니메이션을 만들 수 있게 되었고, 정보처리부 부장과 팀을 이루어 경연대회에 출전해 수상하는 수준까지 되었다. 나는 좋아하는 일은 잘 하게 된다는 속담을 이렇게 증명했다.

양호학교 자원봉사와 휠체어

종이접기는 나의 취미다. 뭔가를 위해 배운 것이 아니라, 학교를 다니지 못할 때 마음의 안정을 위한 버팀목으로 하던 것에 불과했다. 그런데 이 종이접기가 뜻밖의 길을 열어주었다.

입학 직후 종이접기를 잘 한다는 것을 알게 된 쿠보타 사부님께서 '양호학교와의 학교 간 교류 자원봉사에 참가해보라.'고 권유하셨다.

양호학교에는 신체가 불편하고 지적 장애가 있는 중고등 학생이 버스로 통학하며 수업을 받고 있었다. 말을 제대로 못하는 학생, 계속 웃기만 하는 학생, 또 많은 학생들이 '휠체어'를 타고 있었다.

내가 처음 보는 환경에 당황하고 있을 때 장애가 있는 것처럼 보이지 않는 한 여자 아이가 말을 걸어주어 그들과 친해지기 시작했다. 이후 대화해보니 모두들 내게 우호적이었으며, 특히 나의 종이접기 강좌를 무척이나 좋아했다. 잘 접지 못하는 아이도 있었지만, 그래도 괜찮았다. 종이접기뿐만 아니라 '○○ 아니면 안 된다.'는 룰이 없기 때문이다.

그러던 어느 날 다 같이 패밀리 레스토랑에 식사하러 가게 되었다. 거기서 나는 한 친구의 휠체어를 밀면서 잠시 인도를 걸었다. 그때 휠체어가 엄청 불편한 것이라는 걸 알고 큰 충격을 받았다.

나도 초등학생 때 딱 한 번 휠체어를 탄 적이 있었다. 내가 처음 사용한 장애극복용 도구는 안경이었고, 그 다음이 휠체어였다. 눈이 아주 나빠서 지금은 안경을 벗으면 일반 길도 걷지 못할 정도다. 시력이 나빠진 것이 초등학교 1학년 때쯤이었다. 눈을 가늘게 뜨지 않으면 텔레비전이나 칠판 글씨가 보이지 않았다.

그때 안경을 처음 사서 꼈을 때의 감동을 잊을 수 없다.

글씨가 보이고, 사람의 얼굴이 보이고, 밤하늘에 떠 있는 달이 제대로 하나로 보였다. 목욕할 때 안경이 흐려지는 등 다소 불편한 일은 있으나 내가 '시각장애인'이란 자각이 없어졌다. 아니 실제로도 세상 사람들이 나를 '시각장애인'이라고 부르지 않는다. 분명히 맨눈으로는 10cm 앞 손가락의 지문도 보이지 않지만 안경이나 콘택트렌즈를 끼고 있는 것이 조금도 어색하지 않으며, 일상생활에 전혀 불편함이 없기 때문이다.

안경이나 콘택트렌즈가 없던 시대에 태어났었다면 나는 '장애인'이라고 불렸을 것이다. 비슷한 처지에 있는 사람들도 상당히 많았을 것이다. 그러나 안경이 있기에 인류는 장애를 극복했다. 기술이 장애인과 정상인의 벽을 없애준 것이다. 초등학교 1학년 때였지만 나는 그때 아주 감동했던 것을 기억하고 있다.

그럼 휠체어는 어떨까? 걷기가 불편한 장애인에게 정상인과 다르지 않은 이동을 실현해줄까? 아쉽지만 현대 사회에서 휠체어 사용자를 장애인이라고 부른다.

나는 그때까지 발이나 몸을 움직일 수 없는 사람을 위한 탈것은 '발 대신'이어야 한다고 생각했다. 그런데 그렇지 않았다. 시선이 정상인보다 낮은 곳에 위치하고, 이동도 어렵고, 더구나 볼품도 없었다. (볼품이 없다는 내 생각에 휠체어 타는 분들이 조금이라도 불쾌하다면 죄송하다. 이는 생긴 모습에 대한 순전히 나의 주관적 생각일 뿐이다.)

휠체어(車椅子)는 타고 있는 사람의 몸과 얼굴이 보이는 이른바 **'일인용 오픈카'**다. 그런데 마치 싸구려 파이프 의자 같이 투박한 형상에, 디자인성도 없고, 멋이 전혀 느껴지지 않아 저것이 '왜 차일까?'라고 어린 마음에 생각한 적이 있었다.

아무도 이런 '싸구려 오픈카'를 타고 싶어 하지 않는다. 모두가 동경하는 휠체어를 만들면 휠체어는 더 이상 '장애인만 타는 기구'가 아니게 된다. 정상인과 장애인을 구별할 일도 없어지며, 길도 더욱 정비될 것이다.

양호학교 봉사활동을 하면서 인도에서도 차체가 기울고, 차도에서 인도로 옮겨갈 때 높이 4cm 정도의 작은 턱도 넘을 수 없는 등 휠체어에 많은 문제가 있는 것을 알게 되었다.

양호학교 학생들은 "원래 그랬는데 뭐!" 하며 체념한 듯 말했지만, 세상 사람들도 모두 휠체어의 그런 불편함을 '원래 그런 것인데 뭐!'라고 외면하는 게 과연 옳은가? 그들은 나가면 불편하고 민폐만 끼친다는 생각에 밖으로 자유롭게 외출하지 못한다. 안전하다는 이유만으로 일주일의 대부분을 집에 머무른다. 이런 그들을 위해 무엇인가 해주고 싶었다.

그 후 며칠 동안 그 일만을 생각하고 있을 때 쿠보타 사부님께서 3학년 그룹에서 의자에 앉는 로봇과 그 로봇이 탈 것을 만들기 시작했다고 알려주셨다. 간단한 설계도를 보여주셨는데, 탈것의 스케치가 아주 아름답고 내가 이상형으로 생각한 휠체어에 가까운 그런 이미지였다. 나는 쿠보타 선생님께 청해서 그 작업에 참여하게 되었다. 그 후 로봇이 탈것에서 사람이 탈것으로 개념을 바꾸어 본격적인 연구를 시작했다.

바로 새로운 휠체어 개발의 시작이었던 것이다.

최고의 휠체어를 만들고 싶다!

내가 다니던 공고에는 실습공장이 있었는데, 선반이나 밀링머신 같은 산업용 기계들이 많이 구비되어 있었다. 그 외에 용접기와 절단기, 샌드블라스터 등도 구비되어 있었다. 그중에는 설비비가 수억 엔이 넘는 CNC 머신센터도 있어 자연스럽게 그곳이 나의 공작실이 되었다. 무엇보다 선생님들의 숙련된 기계 사용모습을 가까이에서 볼 수 있었고, 그러다 보니 사용방법을 자연스럽게 배울 수 있었다.

또한 실습공장을 쓰고 싶을 때는 언제나 자유롭게 차단기를 올리고 전원을 켜서 사용하도록 허락해주신 일은 정말로 고마웠다. 선반이나 밀링머신 등은 조금만 실수해도 다치는 일로만 끝나지 않는 기계인데, 그것을 다른 과 학생인데다 1학년생인 나에게 쓸 수 있게 허락해준 것은 대단한 혜택이었다.

나는 매우 우호적인 환경 속에서 휠체어 개발을 돕게 되었다. 멋진 도면이 만들어졌다. 그것은 그냥 휠체어가 아니었다. 멋있어서 자신도 모르게 타고 싶어지는, 안전하고 쾌적하게 주행할 수 있는 차세대 휠체어였다. 선배들은 전동휠체어가 아닌 전뇌(電腦)휠체어라고 불렀다.

내부에 자이로스코프 센서가 탑재돼 있어 차체가 오른쪽으로 기울자 오른쪽 타이어는 아래로 내려가고 왼쪽 타이어가 위로 올라오면서 휠체어가 항상 수평을 유지하게 해준다. 앞뒤 기울어짐도 똑같이 맞추어준다. 내가 양호학교 자원봉사자로 있으면서 느꼈던 불안정성을 해결해준 기구였다. 게

박람회 당시 16세였던 저자. 이 전뇌휠체어는 바다 넘어 세계에서도 인정받았다

경사면에서도 균형을 유지해주는 '수평제어장치'

다가 디자인도 자동차 같은 곡선미를 지향했다. 그렇지만 그것은 그냥 도면일 뿐이었다. 당시의 나는 그것을 어떻게 만드는지 감도 잡지 못했다.

선생님은 CAD 설계도를 그린 후 인쇄한 도면을 가리키면서 "이렇게 하면 지렛대 원리로 자동안정장치를 움직여서 타이어를 들어 올릴 수 있다."고 설명해주셨다. '아아 그렇구나!'라고 감탄은 했지만, 이런 부품은 "어떻게 만드는 건가요?"라고 궁금해 하자 바로 다음날 공장에서 파이프를 굽혀서 용접으로 붙이는 것을 보여주셨다. 또 사람이 탈 수 있는 곡선 외장을 어떻게 만드는지 궁금할 땐 큰 스티로폼을 깎아서 만드는 방법을 전수해주셨다.

아이디어를 형상화하기 위해 머릿속에서 이미지를 만들어서 설계도를 그리고, 그것을 실제로 만들어버리는 사부님이 마치 마법사처럼 보였다.

1학년 여름을 온몸이 하얗게 되면서 보냈다. 며칠이나 해가 질 때까지 거대한 스티로폼을 깎고 닦았다. 귀가 시간이 차차 늦어져 결국 밤 10시 50분까지 학교에 남아있었다. 막차를 타고 집에 돌아와서, 다음날 아침 6시 30분 전철을 타고 다시 학교로 가는 그런 생활이 계속되었다. (물론 몸 상태가 좋을 때라는 조건부였지만.)

그렇게 하여 1학년 가을에 그 휠체어를 완성했다.

전뇌(電腦) 휠체어 'Wander'

광택이 나는 핑크색 알루미늄 파우더로 코팅된 곡선 차체에 헤드라이트, 사이드미러, 방향지시등, 범퍼도 달려 있다. 전륜구동 삼륜차로 타이어의 두께는 10cm 이상, 최대의 특징은 자이로스코프 센서가 경사도를 감지해 자동으로 균형을 유지해주는 수평제어 기능이다. 사부님과 3학년 선배들 4명, 그리고 1학년인 나 이렇게 6명이 만든 역작이었다.

그해 11월에 열린 '산업박람회(카시하라 만요홀)'에서 최초로 선보였다. 거기서도 사부님의 일은 끝나지 않았다. 시간이 없는데도 경사도 시연을 위한 슬로프를 베니어합판으로 급히 만들고 게다가 녹색 도장도 했다. 벽에도 'Wander'라고 크게 쓴 벽보를 만들어 붙이고 천장에 간판도 매달았다.

"한 번 할 거면 이 정도까지 해야 하는가?라는 생각이 들 정도로 해야 해!"

사부님으로부터 여러 번 들었던 말씀이다.

일본 최대의 과학경연대회 도전

그 후 여러 곳에서 전뇌휠체어를 발표하고 개량하고 있는 사이 나도 고등학교 2학년이 되었다.

졸업 작품으로 휠체어를 같이 만든 선배들은 취직을 했고, 나는 후계자가 되었다.

후배 몇 명이 더 들어와서 전뇌휠체어 개량 프로젝트를 추진했다. 일반용 휠체어를 사부님이 구해오셨다. 우리는 그것을 직접 타고 다양한 길을 다녀보면서 문제점을 파악했다. 가장 큰 문제점은 작은 턱도 넘을 수 없다는 것이었다. 타이어 휠에 돌출장치를 달아 그것을 이용해 넘을 수는 없을까?

원래부터 턱을 넘고 싶다는 생각이 있었다. 계단 오르는 것까지는 아니더라도 차도에서 인도정도는 기본적으로 올라가야 하지 않나 하는 생각이었다. 꼭 턱을 오를 수 있어야 한다. 사부님의 조언을 받아 아이디어를 냈다. 여러 모델을 만들어보며 실험을 거듭했다. 처음엔 타이어를 원추형으로 하면 턱을 잡고 넘을 수 있지 않을까 생각했다. 그런데 실험에서 계속 미끄러졌다. 원추형을 드릴형으로 개선했더니 생각보다 잘 넘을 수 있었다. 그런데 휠체어 타이어가 드릴형으로 바깥을 향해 튀어나오다 보니 여러 면에서 위험했다.

여러 시행착오와 테스트 끝에 태어난 것이 반달형 돌출장치를 단 타이어 휠이다. 턱에 쉽게 걸렸고, 이론상으론 타이어 절반 크기의 턱을 넘어갈 수 있었다. 곧 제작에 들어갔고 일반 휠체어에 장착해보았다. 실제 탑승 시험에 성공했다. 공장 앞의 턱을 오를 수 있었던 것이다.

우리들은 이 제품을 경연대회에서 출품하기로 했다. 나는 남들의 평가엔 큰 관심이 없었지만, 경연대회 우승 경험이 많으신 사부님이 말씀하셨다. "이 휠체어면 우리가 우승할 수 있어!"

우리가 도전한 대회는 'JSEC(Japan Science & Engineering Challenge)'라는 대회였다. 고등학생을 대상으로 하는 과학경연대회인데, 30팀이 결승전에 진출한다. 결승에 진출하게 되면 노벨상 수상자인 코시바 마사토시(小柴昌俊) 교수에게 연구에 대한 비평을 들을 수 있으며, 만일 우승하게 된다면 세계대회 출전권도 주어진다.

이 대회를 택한 가장 큰 이유는 이제 2회째인 젊은 대회였기 때문이다. 젊은 대회는 운영자 입장에선 '더욱 주목을 받자. 큰 이벤트로 만들자. 특이한 참가자의 출전을 독려하자!' 등 미래지향적인 힘이 작용할 것이고, 심사위원들도 '너무 규정을 엄격하게 적용하지 말자.' 등 약간은 느슨한 심사를 예상했다. 반대로 오래된 대회들은 규정과 심사기준이 굳어져 있어 첫 회만큼 열정이 없는 경우가 많다. 우리는 후에도 여러 경연대회에 출전했는데 출전할 대회를 대개 이런 기준으로 골랐다.

우리가 참가한 이제 2회째 대회인 'JSEC 2004'의 결승전 최종 프레젠테이션은 일본과학미래관에서 거행되는데, 문제는 각자의 작품을 실연하는 것으로 끝나는 것이 아니라 질문도 받아야 하는 포스터 세션 형식으로 진행됐다. 처음 참가 신청을 할 때에는 그 정도까지 상상하지 못했다. 이 대회의 결승은 10분의 프레젠테이션과 5분의 질의응답으로 심사가 진행됐다.

그 말을 들었을 때 나는 도망가고 싶었다. 남들 앞에 서는 일을 잘 못하고, '남들 앞에서 말하고 있다.'는 것을 상상만해도 몸이 굳어버렸다. 고등학교 입학시험도 면접이 없는 시험방법을 선택한 정도였다. "어떻게 하면 좋은지." 사부님께 상의했다.

"연습밖에 없겠지!"

단 한마디 그 말씀뿐이셨다. 의미 없는 질문을 했다고 반성했다.

그때부터 후배 2명과 프레젠테이션을 위한 사부님의 맹훈련이 시작되었다.

"꿈에서도 암송할 수 있도록 철저히 읽어라!"

"배에서 큰 소리를 내라!"

"하루에 수십 번 옆방에서 시끄럽다고 혼날 때까지 연습해라!"

대본도 여러 번 고쳤다.

"아무튼 심사위원 입에서 몇 번이고 대단하다는 말이 나올 수 있어야 해! 그걸 염두에 두고 프레젠테이션을 준비하란 말이야!"

여러 번 반복해도 사부님 앞에서 NG가 났다. 좌절의 연속이었지만 프레젠테이션 연습은 계속되었다. 심사항목에 '팀워크'도 있어서 후배 2명과 역할분담을 했다.

포스터 디자인도 여러 번 수정했다. 실물 휠체어는 사이즈가 커서 가져갈 수 없기 때문에 완전히 같은 동작을 할 수 있는 모형도 준비했다. 상대방의 얼굴을 똑바로 보면서 집중력이 떨어지더라도 내용이 입에서 저절로 술술 나올 때까지 연습했다. 연습 중 다른 출전자들의 면면을 보았는데 그들은 한결같이 과학고나 유명한 인문계 고교들이었다. 학교의 유명세나 똑똑함으로 경쟁해선 이길 수 없다고 생각했다.

아무튼 "뭐 이 정도까지 준비하나!", "대단하다!"라는 말이 나올 수 있도록 목표를 정하고 준비하여 대회에 임했다.

일본과학미래관 1층에 있는 커다란 지구본 밑에서 실시된 포스터 세션, 드디어 심사위원들이 순서대로 입장하기 시작했다. 우리는 누구보다도 힘찬 목소리로 "차렷! 그럼 나라현립 오우지공업고등학교의 발표를 시작하겠습니다! 잘 부탁드립니다!" 하고 인사를 합창으로 올렸다.

포스터 세션을 이렇게 시작하는 팀은 없었다. 이것도 작전이었다. 수없는 연습 때와 한 치의 오차도 없이 절도 있는 동작으로 발표를 이어갔다.

"그럼 이 부분은 ○○군이 설명하겠습니다!"

"네! 알겠습니다! 그러면 지금부터 금세기 최대의 턱 넘기 묘기를 보여 드리겠습니다!"

마치 무대에서 어떤 쇼를 보는 것 같았다. 관람객들, 프레젠테이션 심사위원들도 지나칠 정도로 활기가 넘치는 우리의 목소리에 무슨 일인가 신경이 쓰이는 것 같았다. 성과물

2개의 상을 수상한 제2회 JSEC 2004 시상식. 두 번째 줄 가운데가 저자

에는 자신이 있었지만 그것을 최대한 말로 전해야 하는 프레젠테이션이 자신 없으면 모든 일이 수포가 된다. 나도 지금 우리의 튀는 발표가 너무 지나친 것은 아닐까 부끄럽기도 했지만 '이렇게까지 한다.'라는 심정을 가졌다.

발표가 끝나고 심사를 기다리는 시간, 우리는 모두 긴장과 피로로 쓰러져버렸다. 홀로 이동해 시상식장으로 갔다. 한 명 한 명 수상자 이름이 호명되었다. 3위 안에만 들어가면 반년 후 미국에서 개최되는 세계대회 출전자격을 얻을 수 있다. 꼴찌부터 학교명이 호명되는데 그럴 때마다 '아직 불리지 마라, 아직 불리지 마라.'고 간절하게 빌었다. 순간 6번째 수상자로 우리 학교가 호명되었다.

"액셀런트 테크놀리지 특별상, 나라현립 오우지공업고등학교!"

수상은 기뻤지만 특별상으로는 미국에 갈 수 없다. 이렇게 열심히 했는데 어떻게 안 되었나 생각하니 억울함이 북받쳐 올랐다.

그 후 2위까지의 발표가 끝나고 마지막 문부과학대신상 발표 때는 모든 걸 포기한 채 "역시 프레젠테이션이 좋지 않았군…"이라든가 "좀 더 수치적인 데이터를 사용해야 했을까…"라고 생각하면서 낙담하고 있었다.

"문부과학대신상, 나라현립 오우지공업고등학교!"

"！！？？"

설마? 우승이었다. 그것도 두 개나 수상하게 될지 생각지도 못해 기쁨보다 놀라움으로 몸이 굳어졌다. 다른 인문계 고등학교와 비교해 우리 오우지공업고등학교는 학력수준이 압도적으로 낮았고 공부도 잘 못했다. 토론자와 논문 설명의 수준도 결코 뛰어나지 않았을 것이다. 그런 우리가 우리 학교가 우승한 것이다. 이 일은 우리도 후배들에게도 큰 자신감을 안겨주었다.

긴장 때문에 프레젠테이션과 시상식 순간에 대해 거의 기억하지 못한다. 그러나 후에 친해진 운영진들과 심사위원들로부터 10년이 지난 지금도 그 돋보이는 프레젠테이션은 머리에서 잊히지 않는다는 놀림을 당하고 있다.

세계대회 도전과 전 세계 고등학생들과의 만남

'Intel ISEF(Intel International Science and Engineering Fair, 국제과학기술경진대회)'는 75개국 이상에서 1700명이 넘는 학생들이 출전해 기량을 뽐내는 대회로, 일명 '과학올림픽'이라 불린다. 50년이 넘은 역사를 가지고 있으며, 역대대회 참가자 중에서 현재까지 7명의 노벨상 수상자를 배출했다.

상금 총액이 4억 엔 이상이나 되고, 상위 입상자 중 일부는 다음해의 노벨상 시상식에도 초청을 받는 세계적으로 유명한 대회이지만 일본에는 그다지 알려져 있지 않았다. 알려져 있지 않는 이유는 과학에 대한 관심 차이일지도 모른다.

2003년에 (머리 좋아 보이는) 도쿄대 학생이 JSEC에서 우승해 ISEF에 출전했지만, 수상에 실패했다고 하니, 이런 굉장한 대회에 출전하게 되었다는 스트레스로 복통을 겪기도 했다.

그 후 반년 동안은 질풍노도의 나날이었다. 우승을 기뻐할 여유도 없었으며 5월의 대회를 위해 맹훈련을 시작했다.

결의를 다지기 위해 운동장 단상에 혼자 올라가 전교생들 앞에서 애드리브로 스피치하거나, 예정에 없는 질의응답을 포함한 영어 프레젠테이션도 하게 되었다.

후배 두 명은 미덥지 못한 리더인 내 말을 잘 들어주지 않았다. 후배 중 한 명이 리더십을 발휘하고 있었다. 나에게 리더는 맞지 않는다고 그에게 리더를 맡기고 나는 그만 두고 싶다고 사부님께 상의도 했지만 허락해주지 않으셨다. 부담이 원인인지 알 수 없는 요통을 앓았고 도망가고 싶기만 했다.

게다가 사부님이 조언으로 목소리를 크게 내기 위한 특별 발성연습을 추가했다. 운동장 구석에서 큰 목소리로 (그것도 영어로!) 프레젠테이션을 계속하는 훈련이었다. 연습이 엄한 야구부 친구도 "힘들겠군." 하며 웃고 지나갈 정도였다. 분위기가 운동부와 다를 바 없었다.

낯을 심하게 가리고, 긴장하면 말을 더 못하는 나에게 이런 훈련을 시키는 사부님은 정말 대단하신 분이었다. 조금만 더 했으면 심하게 좌절할 수 있었던, 포기하겠다고 결심하기 직전이 아니었을까도 생각된다. 덕분에 그 반년 만에 정신적인 면이 더 성장할 수 있었지만….

2005년 3월, 도쿄의 인텔사에서 ISEF 미국대회 출전자를 대상으로 프레젠테이션 연구회가 열려 봄방학 내내 준비했다. 이런 경험들을 거쳐 5월의 황금연휴가 지났을 때 우리는 드디어 ISEF의 무대인 미국의 애리조나주 피닉스로 날아갔다.

해외여행은 이때가 처음이었다. 게다가 비행기를 타는 것도 난생처음인지라 여러 모로 흥분의 연속이었다. 무엇보다 미국 대지의 광활함에 놀랐다. 도로의 너비와 많은 양의 식사에도 놀랐고, 대회장으로 쓰는 홀의 거대함에도 입이 쩍 벌어졌다. 거기에 모인 많은 사람들, 한눈에 봐도 머리가 좋아 보이는 각국의 대표자와 관계자가 모두 참여한 환영파티는 마치 올림픽 개막식 같았다. 행사 참가자들 모두가 갑자기 격렬하게 춤을 추기 시작했는데, 과학자 이미지를 뒤집는

Intel ISEF 시상식 직후. 쾌거에 전원이 흥분했다

그 격렬한 열기에도 압도당했다.

4년 전에는 학교도 다니지 못했던 내가 지금 어떻게 여기에 있는지 실감이 나지 않았다. "이건 꿈 일거야!"라고 표현하는 사람의 심정을 이제야 알 것 같았다. 이 대회의 모든 일들이 상상 이상이었으며, 내가 지금까지 살아온 17년은 무엇이었을까를 생각할 정도로 세계관과 인생관을 넓혀주었다. 실제로 그 후 내 인생을 크게 바꾸게 되는 일이 어느 파티에서 일어났다.

나는 여럿과 어울리는 파티에 참석한 경험도 없고, 적극적으로 "하이, 어디서 왔니?"식으로 잡담을 나눌 배짱도 없었다. 그러나 나에게는 종이접기가 있었다. 앉은 테이블에서 또 다른 일본인 출전자와 종이접기를 시작했다. 같은 테이블에 앉아있던 연구자로 보이는 중년여성이 "재패니즈 오리가미!"라고 응원을 보냈다.

나는 즉석에서 후지산을 접어 그 여성분께 일본 핀 배지와 함께 선물로 드렸다. 그러자 근처에 있던 사람들이 모여들기 시작했고, 즉석에서 종이접기교실이 시작되었다. 내가 영어로 잘 설명하지 못하자, 옆에 있던 이집트 고등학생이 내가 접는 방법을 보고 큰 목소리로 중계하자 파티장에 있는 사람들은 모두 종이접기에 집중했다.

해외에서 종이접기가 이렇게 인기가 있는지 몰랐지만 특기는 하나 정도 있으면 도움이 된다.

그 인연으로 그들과 친해지고 연구에 대한 이야기도 나눴다.

그런데 어느 결승전 출전자의 말에 나는 아연실색했다.

"연구는 내 인생 자체야."

"나는 이 연구를 하기 위해 세상에 태어났고, 죽는 순간까지 연구할 거야."

이 이야기를 들었을 때 순간적으로 무슨 말인지 몰랐다.

15세에서 18세인 고등학생이 지금의 연구를 위해 태어났다고 말하고, 나머지 50년 이상의 인생을 단 하나의 연구에 바치겠다고 한다. 너무나 당연하게 말하는 게 믿기지 않았다.

아마도 종교관의 차이인지 아니면 그런 영어식 표현이 있는 것이 아닐까 생각했다. 그러나 동시에 '나는 휠체어를 위해 태어났고, 죽는 순간까지 휠체어만을 연구하고 싶을까?'라는 생각에 미쳤다. 그런 생각을 여태까지 한 번도 해본 적이 없었다. 물론 만들고 싶었던 것이고, 공작은 아주 즐거웠다. 그러나 그것을 죽는 순간까지 하게 되면 어떨까? 나는 보다 유용한 휠체어를 개발하기 위해 이 세상에 태어난 것일까? 내 답은

"아니다. 죽을 때까지는 싫다."

결과적으로 우리 팀은 Intel ISEF에서 '엔지니어링대상(Grand Award, Engineering)' 팀 연구부문에서 3등상을 수상했다. 일본 JSEC 대표 출전자로서는 처음 있는 쾌거였다. 같은 자리에서 시상을 기다리던 사부님과 응원팀들도 울면서 환호성을 올렸고 나를 시상대로 보내주었다.

나도 반년간의 노력에 보답 받았다는 기쁨과 긍지를 느끼면서 시상대로 달려 나갔다. 그러나 시상대에서 내려온 후 '이것은 아니다.'는 감정이 맹렬히 밀려들었다.

나는 진짜로 무엇을 하고 싶은 것일까?

무엇 때문에 살고 있는 것일까?

그런 것을 생각하며 모두에게 바로 돌아가지 않고 무대 뒤에 쭈그리고 앉아버렸다.

이제와 생각하면 그때 후배 2명과 사부님과 같이 그 순간의 기쁨을 공유하지 못한 것을 좀 죄송스럽게 생각하며 후회하고 있다.

남은 인생의 사용방법

프레젠테이션장에서 철수한 후 뒤풀이가 있었으며, JSEC의 배려로 그랜드캐니언 관광 1박 여행을 하게 되었다. 그랜드캐니언을 TV로 보면서 죽기 전에 언젠가 한번은 가보고 싶다고 생각한 곳이었는데 이렇게 빨리 이 절경을 볼 수 있으라고는 상상도 못했다.

예상을 뛰어넘는 광대함이나 뇌가 처리할 수 있는 거리감을 넘어서 앞에 펼쳐진 광경이 마치 한 장의 그림처럼 보였다. 이 벼랑에 서면 하늘을 날고 싶어진다고 말한 선인들의 꿈이 이해가 되었다. 동시에 내가 그 앞에서 물질적으로나 역사적으로 너무너무 작아져서 무엇을 해도 의미가 없다는 마음마저 솟구쳐 올랐다.

그날 밤, 근처 호텔에 묵으면서 JSEC 프로듀서인 와타나베 캔이치(渡邉賢一) 씨와 상담 겸 많은 이야기를 나눌 수 있었다.

귀국 후 나라현의 공업고교가 세계대회에서 부문 3위를 수상했다고 연일 언론의 조명을 받았다. 긴장해서 말도 잘 못하고, 목소리가 뒤집혀서 무슨 말인지도 모르는 말을 하고 있는 내 모습이 방송을 탄 일 등이 괴로웠다. 그중에서도 가장 쓰라린 경험은 나라현 지사가 나를 지명하여 "자넨 슈퍼 고등학생이네. 자네에게 내년 시구식을 맡기고 싶군!" 하고 말씀하신 일이다.

시구식은 무엇일까? 무슨 식 전에 말하면 되는 것일까? 생각했었는데 설마 그것이 야구일 줄은 꿈에도 몰랐다. 그때까지 스포츠와 친하게 지내지 않았으며, 학교 체육시간은 거의 빠져 솔직히 룰도 잘 모르는 나에게 야구공을 건네준 것은 잘못된 선택이었다. 나는 내 오른팔을 살펴보면서 물리적으로 역시 무리라고 생각했다.

무슨 인연인지 옛날부터 도서관과 과학관을 다니고, 중학교 땐 곤충로봇경연대회에서 우승하여 휠체어를 처음 전시한 카시와라시(橿原市)에 있는 야구장에 이번에 야구 시구를 하기 위해 가게 되었다. 던지는 법을 몰라 아버지에게 부탁해서 연습하긴 했지만 시구식 당일에 긴장해서 아니나 다를까 공이 오른쪽으로 크게 빗나갔다. 본 사람들은 왜 저런 놈이 시구를 하는지 생각했을 것이다.

그런 일도 있었고, TV나 신문에 소개되었을 때는 "그런 휠체어를 만들 수 있다면 이런 것도 만들어 달라."는 등의 상담이 나에게 혹은 학교로 몇 갠가 들어왔다.

어떤 사람은 나에게 직접 전화해서 상담하기도 했는데 "자신은 하반신이 약해서 집 안에서 쓰고 싶다."고 했다. '우리 휠체어를 쓸 수 있지 않을까?'라고도 생각했지만, 쓰고 싶은 장소가 집 안이라서 단념했다. 또 '거기서는 쓰기 힘들다.'고 생각하는 동시에 집 안에서 자유롭게 이동할 수 있는 휠체어가 없구나 하는 것도 함께 깨닫게 되었다.

그분은 고령이라 하반신이 약해져서 집 안을 자유롭게 이동하지 못했다. 지금까지는 따님의 도움을 받아서 이동했지만 "단 둘이 사는 딸도 이제 나이가 많아서 미안하다."고 했다. 그 말을 듣고 충격을 받았다.

"멋있고 안전하며 쾌적하게 달리는 전동휠체어가 있으면 다리가 불편한 사람들의 생활이 좀 더 즐겁고 편리해진다." 그렇게 믿고서 연구해왔는데 실제로 집 안에서는 우리 휠체어 사이즈가 커서 쓸 수 없었다. 생활의 대부분을 집 안에서 지내는 사람들을 위한 이동수단이 없는 것이다. 그런 것도 모르고 휠체어를 만든 나 자신이 부끄러웠다. 다시 생각해보면 지난 2년간 시승을 해준 사람들은 체육관이나 전시장에서 체험해보고 소감을 이야기해줬을 뿐이다. 실제로 써줬으면 하는 사람들의 생활을 본 것이 아니었다. (이때의 이런 반성이 후에 현장을 직접 보고, 또 사용하는 당사자의 이야기를 직접 듣고 개발을 진행하는 사람으로 만들어준 것 같다.)

또 어떤 사람에게 "대기업에 전화했지만 만들어주지 않아서 고교생이면 만들어줄지도 모른다고 생각했다."는 말을 들은 적도 있었다.

실은 이때까지 나는 세상은 "비교적 완벽하다."고 생각했다. 주변에 비협조적이거나 은둔형 외톨이인 것은 나의 문제였고, 나 이외의 사람들은 대부분 훌륭한 어른들이 만들어온 일본에서 그다지 불편함 없이 살고 있다고 믿고 있었던 것이다.

실제로는 그렇지 않다는 사실을 알게 된 것은 세계대회에 참가한 후 시야가 넓어졌기 때문인지도 모른다. 사부님과 쿨하고 스마트한 휠체어를 만들고 있었을 때는 정말로 즐거웠다. 앞으로도 즐거운 물건 만들기를 계속 하려면 작은 공장에 취직하고 장인으로서 기술을 배우면서 남은 시간에는 자동차나 오토바이를 자작하면 되겠다는 꿈을 꾸었다. 언젠가 사부님처럼 학생들에게 물건 만들기를 가르쳐 줄 수 있으면 더욱 좋겠다고도 막연하게 생각했었다. 인텔 ISEF에 갔다 오기 전까지는 그렇게 생각했었다.

그러나 이 일련의 사건들로부터, '노인이 고등학생에게 의지할 수밖에 없는 세상이라면, 내가 할 수 있는 일이 좀 더 있지 않을까?'라는 마음이 들끓어 올랐다.

'고독'이라는 문제와 마주하다

노인들의 이야기와 여러 인터뷰를 통해서 알게 된 것은 많은 사람들이 **'고독'**을 느끼고 있다는 사실이었다. 귀가 먼 사람의 고민은 소리가 들리지 않는 자체보단 딸의 목소리를 들을 수 없어 소통이 되지 않는 것이었고, 다리가 불편한 사람은 **'다른 사람들에게 폐를 끼치고 싶지 않아'** 집에서 나오지 않게 되었다는 점이었다. 아들이 불편해 할까봐 외로워도 전화를 하지 않는 사람의 이야기도 들었다. 주변에 미안하고, 폐를 끼치고 싶지 않아서 참는다. 그 결과 고독에 갇혀버린 것이었다.

나도 학교를 나가지 못하고 있을 때 남에게 "고맙습니다." 하고 말하는 것을 고통으로 느꼈을 때가 있었다. "고맙습니다."는 상대방에게 무언가 해달라고 할 때 하는 말이다. 나는 내가 아무것도 해주지 못하면서 부탁하기만 할 때 처음엔 다정했던 사람들도 조금씩 떨어져나가는 경험을 했다. '나 따윈 없어져버리는 게 모두가 행복하지 않을까?' 하며 서서히 최악의 사고로 빠지기도 했다.

은둔형 외톨이가 되어 설자리를 잃고, 자기 자신을 긍정할 수 없는 상태는 정말로 악몽이었다. 견딜 수 없어 소리를 지를 때도 있었고, 자신도 없고 무기력하고 기억력도 저하되어 한때는 일본어도 잘 알아듣지 못할 때도 있었다.

'고독'을 앓고 있는 것은 나뿐만이 아니었다. 많은 사람들이 이 정신적 스트레스에 고통을 받고 있다. 앞으로 독거노인은 더 늘어날 것이며, 입원해 있는 아이들도 많이 있다.

'고독'의 스트레스는 사람을 미치게 한다. 우울증이나 치매의 원인이 된다. 실제로 그 가능성을 충분히 경험하기도 했다. 본인뿐만 아니라 가족과 주변 사람들에게 큰 고통인 것이다.

'고독'을 해소하는 일에 나머지 인생을 모두 바치자.

내가 앞으로 몇 년을 더 살 수 있을지 모르지만, 또 몇 년을 더 연구할 수 있을지 모르지만 세계대회에서 만난 친구가 말했듯이 "나는 고독을 해소하기 위해 태어났다."고 말할 수 있는 사람이 되자고 이때 맹세했다.

나는 진로를 지금은 카가와고등전문학교(香川高等專門學校)로 이름이 바뀐 국립타쿠마전파공업고등전문학교(国立詫間電波工業高等専門学校)로 정했다.

2005년은 '아이치엑스포'가 열린 해이기도 하고, 세상에 다양한 로봇이 등장하며 로봇혁명이 왔다고 북적거렸다. '치유(위로)로봇'도 이때쯤 유명해졌다. 이를테면 강아지로봇은 사랑스러운 동작을 하곤 하는데, 반려동물을 키우지 못하는 입원환자나 고령자에게 위로를 줄 것이라는 기대를 받았다. 그때 나도 앞으로는 인공지능 로봇 시대가 될 거라는 생각에 **'사람을 위로하는 로봇'**을 연구 개발하기로 했다.

그러나 나는 내가 하고 싶은 일을 찾았지만, 그 일을 하기 위한 내 여건들이 좋아진 것은 아니다. 오히려 남은 고교시절은 한동안 방황으로 이어졌다.

휠체어를 만들 때의 열의가 사라졌다. 인공지능 개발을 핑계로 후배들을 모아 프로그래밍을 연구했고, 갑자기 영화가 찍고 싶다는 생각에 문화제에 출품할 영화를 촬영하기도 했다. 인형로봇을 만들려다 중간에 포기도 했다. 하고 싶은 일이 여러 가지가 생겼고, 이것저것을 시작은 했으나 모두 중간에 어중간하게 그만뒀다.

그러자 사부님께 "너는 이것저것 많은 곳에 손을 내밀었지만 모두 어중간하게 끝내고 말았군. 우선 하나에 집중해서 그 하나라도 제대로 완성시켜라."라는 꾸중을 들으며 심하게 혼났다. 뿐만 아니라 "쉬는 시간에는 반 친구와 놀아라!", "사람을 소중히 여겨라.", "친구들과 대화하는 능력을 익혀라!" 등 친구 관계에 대한 충고도 아끼지 않으셨다.

그렇게 사부님으로부터 애정 어린 지도를 받았지만 당시 나는 그 말들이 공작과는 별 상관이 없다고 여겨 듣지도 않았다. 나는 인공지능을 하고 싶다고 반발하기도 했고, 이런저런 충돌이 많았던 터라 졸업 전에는 "너는 고등학교 3년 동안 하나도 성장하지 않았다."는 얘기를 듣는 등 사부님과 끝이 좋지 않는 이별을 했다.

그때 귀찮게만 여겼던 사부님의 지도를 따르지 못했던 것에 대해 스스로 애석해한 것은 1년 후의 일이었다.

친구 한 명 없이 보낸 고등전문학교 생활

내가 편입한 타쿠마전파공업전문학교는 카가와현의 바닷가에 자리 잡고 있다. 나는 나라현에서 태어나 바다가 신기했기 때문에 거기서의 새로운 생활에 가슴이 설레었다. 4학년 편입이라서 담임교사는 전학생으로 소개했다. 그러나 나는 친구에게 내가 먼저 말을 걸 용기도 없었고, 누군가가 말을 걸면 엉뚱한 대답을 하곤 해서 곧바로 반에서 외톨이가 되었다.

기숙사에서의 생활도 그 특유의 '분위기'를 잘 따라가지 못해 입학한 지 일주일 후부터는 아무도 나에게 말을 걸지 않았다. 학교를 다니지 못했었을 때와 다른 의미로의 고독감, 고립감을 느꼈다. '그래도 괜찮다. 나는 이 고독을 해소하기 위해 **인공지능으로 친구를 만들기 위해** 이 학교에 온 것이다. 인간 친구는 필요 없어.' 하며 스스로를 위로했고, 또 그렇게 고집을 부렸다.

정보공학과는 4학년이 되면 연구실에 배속된다. 거기서 나는 인공지능 전공 연구실의 선생님께 인사를 하러 갔다. 선생님께 제자로 삼아달라고 인사했으나 "어?" 하며 고개를 갸웃했다.

그 당시의 나는 기운이 넘쳐서 새벽부터 연구실에 가서 밤 11시까지 연구하던 고등학교 시절과 같은 패턴으로 생활했다. 그리고 그 사이에 아무와도 말을 하지 않았다. 그 상황을 좋지 않게 생각한 선생님께서는 연구 외에도 동료들과의 소통의 중요성을 엄하게 설명하기도 했다.

"통금시간인 밤 10시까지 입실하라."고 기숙사 사감에게 혼나기도 했다. 밤 10시에 점호가 있어서 문 앞에 서 있어야만 했다. 밤에는 소등하고 있는지 관리자들이 순찰을 도는 기숙사 생활은 내가 상상했던 고등전문학교와 상당히 달랐다. 때문에 밤에는 이불 속에서 PC를 두드렸다.

담임 선생님이 동아리에 들면 어떠냐고 말해서 다양한 동아리 활동도 둘러봤지만 들어가고 싶은 동아리가 없었다. 동아리원이 한 명도 없던 영화연구회에 들어가 혼자서 방을 썼다. 거의 1년간 아침 점심 저녁을 혼자서 먹었다.

고독의 치유란 무엇인가?

인공지능 연구는 아주 재미있었다. 인간에게 의식이 있는 것인지, 기억이란 무엇인지, 우리가 과거를 회상할 때 뇌 안에 떠오르는 싱싱한 기억을 어떻게 프로그램으로 만들어내면 좋을지….

다양한 논문을 읽어보고, 3D 컴퓨터그래픽으로 캐릭터를 만들고, 3D 게임 같은 인터페이스를 만들고, 모니터를 향해 문자를 입력하고, 그 의미를 해석하면서 기억과 감정의 변수에 따라 문장을 작성하여 출력하는 프로그램을 만들기도 했다. 모니터 상의 '친구'를 만들기 위해 날마다 아침부터 밤까지 그 일만을 생각하며 누구와도 대화하지 않고 생활하고 있었다.

친구를 만들지 않고 혼자서 묵묵히 연구한 지 반년이 지난 가을, 진로담당 선생님의 발언에서 나는 강렬한 위화감을 느꼈다.

'인공지능은 사람의 좋은 파트너가 되어 사람을 사랑하고 위로한다. 그렇게 치유 받은 사람은 행복하다.'

그때까지 나도 반년 동안 그렇게 믿고 연구실을 다니고 개발하고 있었다. 사람을 위로하고 치유하는 로봇은 존재한다. 그것은 바다표범이나 강아지 모습이기도 했다. 그런 로봇과 교류하면서 동물과 교류하는 것과 같은 효과가 있다는 논문도 있었다. 그런데 그것이 진정한 **'최상의 상태'**일까?

다시 '고독'과 '치유'는 무엇인가에 대해 생각하게 되었다.

물리적인 의미로 내가 혼자가 되고 주변에 아무도 없는 상황은 아직 고독이라고 할 수 없다. 누구든 혼자 있고 싶을 때가 있을 것이다. 신체가 건강할 때 혼자 있는 상황은 스트레스가 되지 않는다.

그러나 감기에 걸렸을 때나 건강상태가 좋지 않을 때는 며칠 동안 계속 혼자 있는 상황은 큰 스트레스가 되어 마음을 지치게 한다. 그것이 고독이란 스트레스다. 결국 고독이란 '주변에 사람이 없다. 나는 혼자 있어서 괴롭다.'고 스스로 생각하는 상황이다.

그 상태가 계속되면 어떤 일에든 적극성이 없어지고 무기력하게 된다. 마음이 뛰지 않아서 남을 멀리하게 된다. 게다가 자신과 자기 긍정이 사라지고 다른 사람과 비교하는 일, 비교 받는 일에 고통을 느끼고 더더욱 사람을 피하게 된다. 나는 이 일을 **'고독의 악순환'**이라 부른다.

이런 상황이 바로 위기인데, 학교를 다니지 못하고 있을 때의 나도 고독의 악순환에 빠져있었다.

그렇다면 스트레스에 대한 치유는 무엇일까?

세상에는 동물 테라피 등으로 기분을 이완시키는 경우도 있다. 실제로 동물과 접하고 있으면 위로 받고 있다는 느낌이 든다. 인공지능이 사람을 위로하는 일은 이른바 로봇 테라피라고 불리는데, 나도 이것을 목표로 하고 있다. 그런데 이렇게 하는 것이 진정한 의미의 치유일까 하는 의문이 들었다.

나는 편입생 생활을 이렇게 고립된 채 지내고 있었다. 고등학교 땐 친구가 있어서 비교적 수월하게 학교생활을 할 수 있었다고 생각한다. 다시 말하면 친구가 있어서 '사회복귀'가 가능했다. 그러나 로봇이 진정한 의미의 '치유'라 할 수 있는 '사회복귀'를 도와줄 수 있는지에 대해선 의문이 들었다.

중학교 이후 내가 사회에 복귀할 수 있었던 이유는 학교 친구들과 선생님, 부모님의 지원, 그리고 사부님과의 만남이었다. 그들로부터 격려를 받고, 인정을 받고, 기뻐해주는 것들 때문에 목표를 얻었고, 그것이 나를 학교로 복귀하게 해줬다고 생각한다.

다른 사람과의 교류는 스트레스만 쌓이는 귀찮은 일이지만 다시금 **'사람을 진정으로 위로해줄 수 있는 존재는 사람뿐이다.'**란 생각이 들었다. 그때 나는 두 가지 선택지가 있었다.

인공지능은 재미있었고 새로운 가설을 생각하고 개발하는 나날은 싫증나지 않았다. 생각한 이론으로 무엇인가 만들어내고 싶은 목표도 있었다. 그런데 그때 머리에 떠 오른 것은 1년 반 전에 미국에 모였던 다른 나라 고등학생들의 말이었다.

"죽을 때까지 하고 싶은 일은 무엇인지?"라는 것이었다.

내가 정말로 하고 싶은 일은 '고독 해소'다. 인공지능을 목적으로 하면 안 된다. 인공지능이 아니라고 생각한 이상 그 이외의 무엇인가를 생각해야만 했다. 그런 마음이 커져만 갔다.

인생 두 번째 드롭아웃

인공지능을 배우기 위해 고등전문학교에 편입했지만 더 이상 있을 이유가 없어졌다.

그렇게 새로운 진로에 대해 고민하고 있을 때 그랜드캐니언에서 만난 JSEC 프로듀서인 와타나베 씨에게서 전화가 왔다.

"JSEC 우승자는 와세다대학교에 입학할 수 있는 새로운 입시제도가 생겼어. 요시후지 군, 이 제도의 제1호가 되어 도쿄에 오지 않겠는가? 와세다는 요시후지 군과 맞는다고 생각해!"

그러고 보니 JSEC에서 심사위원이었던 하시모토 슈우지(橋本周司) 교수님이 휠체어를 심사할 때 "와세다에 오지 않겠는가?"라고 하신 것이 생각났다. 좀 더 알아보니 와세다대학교는 로봇 공학으로 아주 유명한 대학교였다. 게다가 입학시험 날짜가 나의 19세 생일이었다. 어쩌면 운명적인 타이밍이란 생각에 입학시험을 보기로 했다.

그래서 고등전문학교를 1년 만에 중퇴하고 도쿄에 가기로 했다.

여담이지만 와세다 면접 후 와타나베 씨 초대로 JSEC의 대회를 보러 갔고, JSEC 역대 OB들과 함께 결승전 출전자들의 동창회를 만들었다. 그해 2006년도 우승자는 고교 1학년 여학생이었으며, 후에 함께 회사를 만들게 되는 유우키 미키(結城明姫)와는 그렇게 만났다.

4장

사람과 마주보기, 자신과 마주보기

어떻게 대인관계를 극복하는가?

"뭔가 할 거면

'뭘 이렇게까지 해?'란

말이 나오게 해야 한다."

사부님 말씀이 생각났다.

어떻게 사람들과 대화하는지 고민하는 나날

대학에 입학한 나에게 하지 않으면 안 되는 최대의 난관이 있었다.

남에게 말을 걸고, 잡담을 나누며, 관계를 잘 쌓아 친구를 만든다…. 이른바 정상적인 커뮤니케이션을 익히는 일이었다.

왜냐하면 **'사람과 사람 사이에 치유가 있다!'**를 말하고 있는 사람이 남들과 잡담도 못한다는 것은 말이 안 된다.

지금은 내가 대인관계에 매우 서툴렀으며, 사람들 앞에서 이야기할 때 낯을 많이 가리는 편이었다고 말하면 놀라는 사람이 많다. 나는 실제로 사람들과 말하는 것을 싫어했고, 처음 만나는 사람에게 말을 건네거나 질문하는 일이 매우 어려웠다. 또 한 번 사이가 틀어진 사람과 다시 화해하는 일도 없었다.

고등전문학교에서도 기숙사의 이벤트나 친교실에서의 대화에 참여하지 않았다. '하지 않았다'라기 보다 '하지 못했다'가 정확하다. 대화를 해도 즐겁지 않았다. 열심히 말해도 대화가 어긋나고 상대방도 재미없어 보였다. 그렇다면 과묵해

보여도 상관없지 않을까 생각했다. 그 시절 1년간 반 친구와 용건 이외의 말을 한 적이 전혀 없었다.

그러나 고독을 해소할 수 있는 방법이 사람과 사람 사이에밖에 없다고 생각한 이상 '사람들과 말을 잘 못해도 괜찮아!'라고 할 수는 없는 일이다. 쿠보타 사부께서 하신 말씀이 이것이구나, 깨닫게 되었다.

그때까지 나는 사람들 대화에 참여하지 못하고 멍하니 있거나, 입을 열면 의도하지 않게 묘한 분위기를 만들어버렸다. 커뮤니케이션 능력 제로에서 출발하는 괴로운 수행이 시작되었다. 우선 SNS로 도쿄의 친구 만드는 것부터 시작해보기로 했다. 고등전문학교에 편입한 뒤부터 mixi(당시 일본 최대의 SNS사이트)를 시작했지만, 와세다대 입학이 확정된 후 나처럼 특별전형으로 합격한 사람들의 커뮤니티를 찾아서 채팅으로 넷상의 친구를 만들었다.

입학 전에 어떤 동아리가 기획한 신입생들이 모이는 파티가 있다고 해서 참석해보았다. mixi로 만나기로 한 친구와 전철역에서 만나기로 해서 같이 걸어갔다. 그때까지 채팅으로만 만났지만 처음으로 서로의 얼굴을 보는 순간이었다. 역에서 학교까지는 걸어서 20분 정도. 서로 잡담을 하면서 걸어야 하는데 너무 긴장돼서 대화가 제대로 이어지지 않았다. 서로 말없이 어색한 분위기만 이어졌다.

솔직히 학교에 도착했을 때 나는 바로 도망가고 싶은 마음뿐이었다. 사람들이 너무 많다. 어떻게 사람들 속에 들어가면 될지 모르겠다. 누군가가 말을 걸었다 해도 그 후 어떻게 해야 할지 모르겠다. 파티장에 도착하고 자기소개가 시작되었을 때는 순서를 기다리는 긴장감에 식은땀이 나와 몸 상태가 나빠졌다.

그 후 파티를 기획한 선배가 말을 걸어 줬고, 취미 이야기를 통해 종이접기를 선보였다. 접는 방법을 가르쳐달라는 몇몇 학생이 있어서 간이 '종이접기교실'을 열어서 고비를 넘길 수 있었다. 그러나 결국 그날 친구가 된 참가자는 한 명도 없었다,

입학 후 대학의 대규모 신입생 환영이벤트는 나의 장벽을 가려주었다.

기본적으로 내가 말을 걸지 않아도 선배들이 권유를 위해 먼저 말을 걸어주었기 때문이다. 이 기회를 놓치지 않으려고 신입생 환영시기에는 닥치는 대로 동아리 부스를 찾았고, 술자리도 참가했다. 공학이나 정보계통뿐만 아니라 사

람들과 얘기를 많이 할 것 같은 영화 동아리나 수예부 등에도 참석했다.

커뮤니케이션 능력과 사교성을 배울 수 있는 '사교연구회' 같은 동아리가 어딜까 생각하여 찾아보니 눈에 띈 게 '사교댄스부'.

전단지에 '사교'라고 쓰여 있었으며, JSEF 세계대회 때 과학자가 될 고교생들이 능숙한 춤을 추었던 일을 생각하며 여기면 좋을까 해서 가입도 했다. 수업이 끝나면 자전거로 여대에 가서 100명 이상의 부원과 함께 댄스 연습을 했다.

사교댄스부가 주최하는 황금연휴의 합숙에도 참가했다. 연습과 숙소에서의 술자리, 딸기농원과 바비큐 파티 등 되도록 적극적으로 어울려보려고 했지만 내가 아는 세상과 너무나 달라서 순응하지 못했다. 혼자 고립되어 솔직히 힘들었다.

비교적 빠지지 않고 열심히 연습해서 대회에도 한 번 출전해보았지만 사교성을 배우는데 사교댄스는 '좀 아닌 것 같다.'고 겨우 깨닫고 7월 쯤 탈퇴했다.

여담이지만 이 사교댄스부는 서로 별명을 지어 부르고 있었다. '손수건 왕자'란 별명으로 유명하던 사이토 유키(斎藤

佑樹, 고교야구 전국대회 우승투수) 선수가 마침 같은 시기에 와세다대학에 입학해 화제였는데, 그런 이유로 나에게는 '종이접기 왕자'라는 별명이 붙여졌다. 그 호칭을 싫다했더니 '종이접기 군'이 되었다. 그러다 어느새 종이접기(오리가미)를 줄여서 '오리이'라고 불리게 되어 나도 그 호칭은 마음이 들어 이후 다른 곳에서도 쓰게 되었다.

이후 열 개 이상의 동아리 활동에 참여했지만 역시 대인관계로 고생하고 그만 두고 말았다.

공부를 가르쳐주는 학원은 있어도 친구를 만들어주는 학원은 없다. 이럴 줄 알았으면 그때 사부님의 말씀을 좀 더 심각하게 들을 걸 그랬다고 생각했다.

'이대로는 안 된다.' 무엇인가 아이디어가 없을까 궁리 끝에 입고 다니던 검은 백의 어깨 위에 구멍을 뚫었다. 표면상 통풍을 위해서이지만 진정한 목적은 처음 만나는 사람들이 많은 회식자리나 파티에서 "신기한 디자인이군요. 여기 왜 구멍이 뚫려 있나요?"라는 질문을 받기 위해서였다.

흥미를 갖고 질문을 받으면 말이 서투른 나도 "이거 내가 디자인한 겁니다."라고 대답하며 기능을 소개하거나, 가슴 주머니에 들어 있는 명함을 꺼내서 명함 교환을 할 수도 있었다. 명함에는 내 얼굴과 종이접기 사진을 넣었는데, "종이접기?" 하고 궁금해 하면 검은 백의의 주머니 안에 항상 준비되어 있는 갈색 종이를 꺼내서 즉흥으로 종이접기를 보여주었다. 그러면 주변 사람들은 모두들 "대단해!"라는 말을 하고, 한꺼번에 많은 사람들과 이야기하는 구실이 되었다. '오리이'라는 이름도 기억해주었다.

스스로 말을 걸지 못하던 낯가리기가 궁여지책으로 마련한 전략으로 이른바 관심 끌기 작전이었다. 이 작전은 아주 성공적이어서 배우와 디자이너 등 오래 사귀게 된 친구를 만들 수 있었다.

한 작은 연극 동아리에서 가입했는데 어쩌다 가입과 동시에 동아리 장에 임명되었다. 회원을 모으고, 운영을 맡았지만, 들어온 회원들이 붙어있지 않고 서서히 떨어져 나가는 쓰라린 경험을 했다. 이것이 동아리였기에 망정이지 기업체였다면 어땠을까 생각하면 무서워진다.

상상을 초월하는 첫 집단생활

대인기피증 극복 수행을 시작했다지만, 도쿄 생활 1년째

살던 기숙사에서도 대인관계로 상당히 고생을 했다.

학교까지 자전거로 갈 수 있고, 기숙사비가 놀랄 정도로 쌌으며, 생활비가 많지 않아 자취생활을 피하고 싶어서 학생 기숙사를 선택했는데 살아보니 상상을 초월한 장소였다. 낡은 만신창이 콘크리트 외관은 담쟁이로 가려져 있지만, 일부 창문은 금이 가서 틈으로 찬바람이 들어왔다. 침실은 냉난방도 되지 않는 다다미 3장짜리 작은 방이었다. 인터넷선도 옥상에서 건물 외벽을 타고 창문으로 들어오는 거라 창문이 완전히 닫히지 않았다.

그러나 이런 주거조건보다 더 무시무시한 것은 거기서 살고 있는 사람들이었다.

도쿄대를 비롯해 유명 대학교 학생들만 들어올 수 있다고 들었기 때문에 전공도 학년도 다른 사람들과의 집단생활이 즐거울 것이라고 생각했었다. 그런데 기숙사에 입소해보니 전통적인 관례나 정해진 일이 많고, 다양한 독자 문화와 규칙이 있었다.

운동부 같은 체제였으며, 학년별 역할이 분명하고, 선배를 신같이 모셨다. 운동부 경험이 있는 사람에게는 당연한 일일지 모르지만, 그런 문화에 익숙하지 않는 나로선 이해가 되지 않고 당황스럽기만 했다.

입소해서 얼마동안은 복도에서 선배를 만날 때마다 자기소개뿐만 아니라 선배의 이름, 출신고교, 대학교 학부명까지 말해야 하는 규칙이 있었다. 얼굴과 이름을 외우는 데 젬병인 나는 매번 걸려 엄청나게 혼나곤 했다. 만일 내가 선배를 기억하지 못하면 내 지도를 맡은 2학년이 3학년에게 혼나는 일도 벌어졌다. 또한 방문을 잠그면 안 된다는 규칙이 있어서, 불쑥 방에 들어온 선배에게 몇 시간이고 설교를 당하곤 했다.

매주 금요일 밤에는 항상 로비에서 전체회의가 열렸는데, 분위기가 매우 엄숙했다. 2학년 이상은 소파에 앉고, 1학년은 둥근 의자에 앉았다. 회의가 끝나면 회식이 있는데, 토요일 아침 4~6시 정도까지 술자리에 참가해야 했다. 이 회의와 술자리는 원칙적으로 자율적으로 참여할 수 있었다. 하지만 불참 이유를 2학년 선배에게 미리 설명한 후 승인을 받아야 했다. 또 토요일 일찍부터 일이 있는 경우에도 자정까지는 행사에 참여해야 했다. 실질적으로 거절할 수 없는 강제 행사였던 것이다. 일부러 무단결석을 해보았는데 같은 1학년 전원이 훈계를 들었고, 기숙사로 돌아와서도 1학년과 2학년 모두가 방 앞에 한 줄로 도열해서 3학년에게 다시 심하게 혼쭐이 났다. 연대책임이라고 했다.

그 외에도 개인 특기를 발표해야 하는 입소식, 전통이란 명목으로 역에서 여자 헌팅하기, 즐거움을 강요당한 여행, 도쿄대나 와세다대 축제에 참석, 축제 간판 만들기, 여자 한 명은 반드시 초청해야 하는 기숙사 축제 등 연간 행사의 연속이었다.

게다가 기숙사의 철학을 배우기 위해 봄방학엔 기숙사에 있어야 한다는 규칙도 있었다. 기숙사생 중에는 기숙사 생활을 최우선으로 생각해서 학교를 유급하는 학생도 몇 명 있었다. 환경이 사람을 만든다곤 하지만 이런 사람들과 매일 같은 커뮤니티 안에 있으면 그들의 생각이 세상의 룰처럼 느껴지고, 불합리적인 것도 '원래 그런 것이다.'라고 생각해버리게 되는 법이다.

몇 번이나 그만둘까 생각했다. 그러나 돈도 없고 이것도 사교성 기르기의 한 방편이라고 단념하고 기숙사 생활에 익숙해지려고 노력했지만, 아무래도 방학에 집에도 못가고 아르바이트도 할 수 없는 것은 곤란했다. 게다가 몸 상태를 배려 받지도 못했다. 한 번은 봄방학 때 요양 차 집에 와 쉬고 있었는데, 규정을 이유로 선배들이 고향집까지 찾아온 적이 있었다. 더 이상은 무리라고 판단했다. 학자금 융자를 받아서 1년 만에 기숙사를 나왔다.

그래도 그 1년 동안에 근성과 대담함, 처세술 훈련을 많이 받았다고 생각한다.

뭐 다시는 기억하고 싶지 않지만. ㅋㅋ

소중한 것은 야외활동이 가르쳐줬다

19세까지 사람을 피하고 살면서도 한편으론 남들 앞에서 말을 해보려고 노력도 했으나 실패의 연속이었다. 반은 체념했고, 편해지고 싶었다. 하지만 **'고독 해소'**가 나의 주제다. **'사람과 사람의 관계성 안에 답이 있다.'**고 생각한 이상 사람들과 소통하지 않을 수 없었다.

대학교 1~2학년 때 나에게 주어진 과제는 **'다른 사람과 친하게 잘 지내는 방법을 찾아 사람과 관계하는 즐거움을 배운다.'**는 것이었다. 때문에 대학 생활이나 기숙자 생활을 통해 여러 시도를 하면서 흑역사도 많이 만들어냈다. 결국 나에게 가장 좋은 수행과 성장의 자리가 된 장소와 역할은 나라현 야외활동센터 보조요원 일이었다. 아버지가 그곳으로 전근하게 되면서 우연한 기회에 하게 된 일이었다.

사실 그 야영장 보조요원은 대학교 진학이 결정되었을 때 하고 싶은 일 중 하나였다. 어릴 때 아버지에게 자주 끌려왔던 기억이 있는 곳이었다. 거기서는 대학생이 스태프가 되어 안내와 야영장 사용법과 캠프파이어 지도를 하고 있었다. 학교를 나가지 못하던 시절에도 여러 번 아버지가 데리고 왔는데 산에 있으면 이상하게도 몸과 마음이 편해졌다. 야외활동을 좋아하는 나는 가능하면 하고 싶다고 생각했던 일이다.

그 캠프장은 나라시 츠게하야마쵸(奈良市都祁吐山町)에 있다. 도쿄에서 학교를 다니면서 일하는 것은 힘들었지만, 다행히 내게는 어디서나 편안하게 잠을 자는 특기가 있어서 심야버스 통근이 적성에 맞았다. 신주쿠에서 나라현으로 가는 편도 7시간 내내 버스에서 잠을 잘 수 있는 버스 통근이었다.

연휴가 있으면 심야버스를 타고 나라에 귀성해서 일했다. 도쿄에 살고 있으면 나도 모르게 잊어버리는 산과 자연의 냄새를 느끼며 심호흡만으로도 일상의 피로가 사라지는 느낌이 들었다.

나라현 야외활동센터는 현립 캠프장이지만 크기는 산 하나 전체가 들어가는 면적으로 보행코스를 걷기만 해도 2시간 정도는 걸린다. 좀 떨어진 제2센터와 합치면 전모를 완전히 파악하는 스태프가 몇 명인지 알 수 없을 정도로 넓다. 이 센터를 돌아다니고, 통나무와 천막을 옮기고, 통나무집 청소를 해야 하는 상당한 육체노동이었지만 이상하게도 캠프장 안에 있는 동안은 기력이 넘쳐서 몸 상태가 악화되는 일은 거의 없었다.

대학교 1학년부터 4학년까지 약 10~20명 정도의 학생 보조요원이 교대로 일하고 있으며, 캠프장 청소와 설비수리, 이용자에게 시설 사용법 설명, 체육시설과 자연관찰 코스 안내까지 원한다면 뭐든지 할 수 있었다.

우선 인사가 가장 중요해!

보조요원이 된 첫날, 근무 경험 4년차인 K 선배는 "이 캠프 보조요원의 모토는 3가지야…. '메모해, 땀 흘려, 망신당해.' 꼭 메모를 하고, 그 후는 실제로 땀을 흘리고, 자꾸 망신 당하면서 연습해야 해!"라고 이야기했다. 실제로 이 야영장에서 하는 일은 이 세 가지의 연속이었다.

"지금부터 내가 야영장 이용자가 왔었을 때 하는 오리엔테이션을 시범을 보일 테니 잘 봐라."

선배는 그렇게 말하자마자 10분 동안 캠프장 설명을 시작했다. 재미있고, 지루하지 않고, 내용도 머릿속에 쏙쏙 들어왔다. 거의 10분에 맞춰 딱 종료한 설명에 대단한 감동까지 주었다. 물론 메모를 보면서 한 것도 아니고, 애드리브도 여러 곳 있었다. 그렇게 설명의 정교함에 감탄하고 있는데 갑자기,

"그럼 메모했지? 다음 해봐."

"네 갑자기 하라는 건 무리입니다!"

"괜찮아. 메모를 봐도 돼. 부끄러워하면 아무것도 못해. 실패해도 좋으니 우선 해봐. 그럼 시작!"

메모를 했지만 전혀 충분하지 않았다. 그래도 메모를 보면서 K 선배의 설명을 생각하면서 열심히 흉내를 했다. 다른 보조요원 선배들도 지켜보고 있어 오히려 더 긴장감을 유발했다. 결국 15분 이상이나 걸렸다.

"수고했어. 생각보다 잘 하는데 해보니 어땠니?"

"아주 긴장했습니다. 그런데 필요한 것은 모두 전달되었다고 생각합니다."

"전달됐다고 생각한다? 어디가?"

"본관 사용법이나 대여용 시트 접는 방법 등…."

"그랬군. 그런데 처음 인사는 왜 생략했지?"

"네. 중요 시설 설명에만 집중해서 여유가 없었습니다."

"사실은 지금 설명에서 전혀 내용이 전달되지 않았어. 왜 그런지 아니?"

"… 모르겠습니다."

다른 보조요원들도 그렇다고 끄덕인다. 나는 의문을 느꼈다.

"그건 인사가 없었기 때문이야."

"네! 인사입니까?"

"우선 온 힘으로 인사해야 해! 오리엔테이션에서 가장 중요한 것이 그거야. 내용도 중요하지만 우선 자기를 먼저 알려줘야 해. 자기소개를 해야 나를 알아주는 거야. '이 사람 재미있겠는데? 이 사람 이야기를 듣지 않으면 손해야!'라고 손님이 생각하지 않으면 무슨 말을 해도 전해지지 않아."

고등학교 때, 쿠보타 사부님도 같은 말씀을 하셨다.

JSEC의 프레젠테이션도 인사하는 연습부터 여러 번 반복했던 기억이 났다.

"지금 너는 내용을 제대로 말하고 있어. 그런데 아이들은 중간 중간 졸기도하고, 집중력도 떨어지고, 바닥에 있는 돌멩이와 노는 친구도 있을 거야. 이불과 담요를 가르쳐준 대로 접지 않을 거고, 풀숲에 들어가서 벌레에 쏘이거나 위험에 처할 수 있어. 그것은 설명을 듣지 않은 야영객 잘못이 아니야. 똑바로 듣게 하지 못한 네 탓이지."

학교강의도 마찬가지라고 생각한다. 재미있는 선생님의 이야기는 어떤 내용이든 머릿속에 들어오고 시험 때도 생각나지만, 단지 칠판에 쓰기만 하는 선생님 수업은 전혀 머릿속에 들어오지 않는다. 졸다가 결국은 나중에 자습하는 것이 빨랐다.

그 점에서도 야외활동센터의 베테랑 직원과 선배 보조요원들의 설명은 훌륭했다. 바로 설명부터 시작하는 것은 아니고 우선 인사부터 시작한다. 이때 시선을 붙들지 못하면 듣는 쪽도 집중하지 않고, 듣기는 해도 머릿속에 남지 않는다. 이 캠프장 만의 독특한 인사법이 있는데, 그것을 설명 중간 중간 섞어가는 것이 듣는 이의 긴장을 환기시키는 아이스 브레이킹(새로운 사람을 만났을 때, 어색하고 서먹서먹한 분위기를 깨뜨리는 일) 역할을 했다. '들어줄래!' 하고 주장하지 않아도 마음에 쏙 들어오는 설명, 이런 것이구나 하고 감탄했다.

캠프장에는 초등학생도 오고 가족들도 온다. 보이스카우트와 걸스카우트, 스포츠 소년단도 온다. 둘이 올 때도 있고, 200명이 단체로 올 때도 있다. 경우에 따라 말투나 설명 방법을 바꾸는 것은 당연한 일이다. 설명 중에도 기회만 있으면 웃음을 유발시키기도 한다. 결과적으로 장난꾸러기인 아이들도 설명을 듣게 된다. 잠자는 사람은 아무도 없으며 설명대로 캠프장을 깨끗이 사용한다.

캠프 이용자는 하루에 여러 그룹이 오지만 보조요원이 항상 충분하지는 않다. 인원이 부족할 때는 혼자서 여러 이용자에게 오리엔테이션을 해야 되기도 하고, 지도해주는 선배도 없으니 설명을 놓치지 않도록 스스로 메모하고 체크해야 한다. 반성도 스스로 하지 않으면 안 된다.

오리엔테이션만으로도 생각하지 않으면 안 되는 것은 많이 있다. 예를 들면 다음과 같은 것들이다.

• 아무리 재미있는 설명이라 해도 길어지면 아이들의 집중력이 떨어진다. 때문에 중요한 설명은 아무리 길어도 15분이 한계다.

• 학교 선생님이 신경을 써서 "형 이야기 잘 들어라!" 하고 외치면 모처럼 만든 분위기가 사라지기 때문에 미리 그렇게 하시지 않도록 선생님께 당부한다.

• 폭염 속에서는 모자가 꼭 필요하다. 게다가 몸 상태에 이상이 있는 아이가 있는지 신경을 써서 너무 더운 날에는 그림자가 있는 장소를 사용할 수 있는지 확인하다.

• 처음부터 고조되어 있으면 단조롭게 되고 듣는 쪽도 피곤해져서 집중력이 떨어진다. 듣기 쉬운 설명부터 완급을 조절한다.

• 요리 오리엔테이션에서는 손도끼와 불을 사용하기 때문에 각별히 주의해야 하지만 아무래도 설명이 길어지기 때문에 집중력이 떨어지는 경향이 있다. 먼저 선생님과 그룹 리더에게 설명하는 시간을 가져야 한다.

아무리 신경을 써도 캠핑객들은 벌에 물리고, 옻나무를 만지고, 손도끼로 손을 다치고, 운동하다 발을 삐끗하고, 장작 묶는 철사에 발이 걸려 넘어지고, 화상을 입어 병원에 가게 된다. 또 일사병에 걸리고, 시트를 깔지 않고 잠을 자서 피부병이 나는 등 항상 위험이 도사리고 있다. 그때마다 어떻게 하면 예방할 수 있었는지, 설명이 부족하지 않았는지, 모두가 논의하는 반성회의를 하면서 오리엔테이션의 정밀도를 높여갔다.

캠프파이어로 사람의 마음을 잡다

나라현 야외활동센터 캠프 보조요원 활동 중 가장 진면목이라 할 수 있는 것이 시즌 중 거의 매일 밤마다 열리는 캠프파이어다.

캠프파이어라는 말을 듣고 어떤 것을 상상했나? 장작을 높이 쌓아올리고 불을 붙여 피어오르는 불꽃 주변을 모두가 함께 돌면서 포크댄스를 추는 그런 모습을 상상했을지도 모른다. 사실 그것은 캠프파이어의 극히 일부분에 불과하다.

캠프파이어는 아주 심오한 행사이며, 베테랑이 프로그램

캠프장 풍경과 캠프파이어

한 캠프파이어는 일종의 예술과 같다고 말할 수 있다.

지금 내가 로봇 커뮤니케이터로 활동하고 있는 근간에는 틀림없이 캠프파이어에서 배운 경험이 크게 자리 잡고 있다. 지금 연간 50건 이상의 강연 의뢰를 받고 전국을 돌고 있다. 다행히 큰 호평을 받고 의뢰도 늘고 있지만 내 강연의 전달 방법이나 구성은 캠프파이어식이다.

나라현 야외활동센터의 캠프파이어는 보이스카우트 등 아웃도어 관련단체로부터 수준이 높다는 평을 받아왔다. 정신적으로 성인이 되어버렸고, 모두 함께 춤을 추는 것을 싫어하는 중학생, 갈색으로 머리를 염색한 소년소녀도 처음은 마지못해 적당히 참가하고 있지만 어느새 전력으로 소리를 치면서 춤을 추고, 마지막은 기타에 맞춰서 캠프송을 부르면서 눈물을 흘린다. 진정한 캠프파이어는 그런 힘이 있다.

특히 우리 아버지의 캠프파이어는 특별하다고 일컬어질 만큼 유명했다. 본업은 중학교 교사인데 보이스카우트의 대장도 오래하셨고, 다른 학교의 자연학습에도 자주 초빙됐다. 아버지의 캠프파이어를 보고 동경해서 보조요원이 되었다는 스태프도 적지 않았다. 어렸을 때부터 그런 일을 하고 계시다고 듣기는 했지만 실제로 같이 일을 하게 되면서 처음으로 그 굉장함을 알 수 있게 되고 본보기로 흉내를 내며 많이 배우게 되었다.

이 센터의 캠프파이어 흐름은 다음과 같다.

우선 오리엔테이션을 하며 노래 연습을 한다. 그리고 참가자들을 화장실에 갔다 오게 한 뒤, 캠프파이어장으로 조용히 이동. 모두가 의식에 참여한 후에 점화한다. 그 후 아이스 브레이킹을 해서 분위기를 따뜻하게 만들고, 참가자가 준비해온 장기자랑과 게임을 진행한다. 춤이 끝나고 불꽃이 잦아들면 이번은 다 같이 노래를 부르면서 불꽃과 밤하늘을 즐긴다.

이용자의 특별요구나 상황에 따라 방법은 약간 달라질 수 있지만 대체로 이런 식으로 매일 밤 캠프파이어가 진행된다. 어둠 속에서 실시되는 2~3시간은 특히 주의해야 할 일이 많이 있으며, 보조요원으로 참가할 땐 매번 미팅하고 정신을 바짝 차리고 임해야 한다.

캠프파이어 진행을 맡은 사람을 **'에어마스터'**라고 부르는데 말하자면 지휘자 같은 존재다. 캠프파이어는 에어마스터에 따라 분위기가 크게 달라진다. 보조요원 내에서는 선배

에어마스터로부터 인정받은 사람밖에 할 수 없는 책임 있는 역할이다. 처음 에어마스터를 마친 사람에게는 모두가 축하 자리를 마련한다. 평상시에는 얌전한 여성 보조요원이 캠프파이어에서 믿음직하고 멋있는 리더로 보이기도 한다.

에어마스터가 진행에 집중할 수 있도록 다른 스태프도 역할을 분담하여 분위기를 만들면서도 불꽃의 관리나 아이들의 상태에 신경을 써야 한다.

그렇게 하여 캠프파이어가 대성공했을 때의 감동스런 분위기, 그 자리에 있는 전원이 하나가 되는 일체감은 최고이다. "지금까지 가장 좋았던 캠프였다."고 참가자로부터 칭찬의 말을 들을 때가 보조요원에겐 가장 기쁜 보람이 된다.

나는 캠프장 일을 통해서 팀워크와 리더십을 배울 수 있었다.

21세에 열정과 우정을 이해하다

캠프파이어의 연습도 기본적으로 '엉뚱한 일'의 연속이다. 시작한 후에 갑자기 참가자들 앞에서 에어마스터인 선배가 부를 때가 있었다. 아이들도 흥이 나서 큰 목소리로 부르는

데 나가지 않을 수 없다.

이런 일이 일상적으로 있기 때문에 보조요원들은 언제 불려나가도 무방하게 항상 한두 개의 보여 줄 것을 준비하게 되었다.

"처음부터 격렬한 동작을 하면 이용자는 갑작스런 동작을 못 따라가. 중요한 것은 이용자의 마음을 따라가다가 그것을 리드해가는 일이야."

선배가 가르쳐줬다.

캠프파이어에는 '흐름'이 있다. 작은 불이 점점 전체로 번져서 솟아오르고 나중에는 숯이 되어 다시 작아진다는 흐름이다.

그리고 그것과 맞춰서 참가자의 고조감과 긴장을 리드해간다. 처음은 간단한 노래를 하고 긴장감을 푸는 레크리에이션을 하다가, 불꽃이 커지면 전원이 온몸을 흔들고 춤을 추는 게임이나 장기자랑, 다시 어두워지면 조용하고 차분한 분위기의 커뮤니케이션으로 리드한다.

모두의 얼굴이 뚜렷하게 보일 정도로 불꽃이 클 때 조용한 노래를 부르는 일은 **'위화감'**을 줄 수 있고, 반대로 불꽃이 사라져가면서 밤하늘이 예쁘게 나오고 있는데 큰 목소리를 내면 이것도 **'위화감'**이 된다.

어디까지나 자연스럽게 참가자와 전체의 분위기를 맞추면서 리드해간다. 리드할 수 있도록 흐름을 파악하는 일을 **'공기를 읽는다.'**고 말하고, 잘 리드한 순간을 **'마음이 합쳐진다.'**고 말한다.

냉정하게 생각해보면 큰 목소리로 외치거나, 춤을 추거나, 땅바닥에 드러누워 버린다거나 하는 행위는 평상시에는 결코 하지 않고, 하고 싶지 않는 일인데 캠프파이어 참가자들은 왜 잘 따라 할까? 그렇게 사람을 움직이는 원동력을 우리는 **'열정'**이라고 부른다. 말투나 말하는 방법, 캠핑송의 방법, 기타 연주법, 그리고 점화하는 방법도 사람마다 다양하다. 항상 의식해야 하는 것은 서프라이즈다. 좋은 의미로의 놀라움. '이 정도인가?'라고 생각하게 하고 한발 더 앞으로 의식해서 연출한다. 장작을 쌓는 방법, 점화방식, 그리고 횃불을 사용해서 곡예를 하는 토치 저글링(파이어 댄스)도 있고, 돌아가는 길, 손전등을 켜지 않은 어둠 속, 보조원들에 의해 불이 붙여지자 촛불길이 연이어 나타나고, 여운에 잠기게 하는 서프라이즈 연출이 중요하다.

특히 아버지는 연출에 대한 연구를 좋아하신 것 같았다.

'이런 아이디어를 생각했다. 이런 연출을 했다.'시며 차 안에서 자주 말씀하셨다.

뭔가 할 거면 '뭘 이렇게까지 해?'란 말이 나오게 해야 한다.

쿠보타 사부님의 말버릇이 여기서도 떠올랐다.

평소 보조요원이 오리엔테이션과 캠프파이어, 노래 연습을 하는 것은 당연한 일이었다. 경험을 쌓기 위해 근무가 없는 날에도 산을 다니고 레크리에이션 게임을 배우거나 선배와 직원들의 서비스를 훔쳐보며 기술을 익혔다. 보조요원만의 훈련캠프도 스스로 기획하고 캠프장을 사용하는 기술을 배웠다. 다 같이 횃불 돌리는 연습을 하고 있다가 '화무단(火舞团)'이라는 파이어 댄스팀을 만들어 공연을 하거나 영업하러 나가기도 했다.

캠프파이어 일이 끝난 후에 다 함께 반성회의를 하면서 차를 마시고 노래를 부르고 서로 이야기를 나누는 일은 단순하지만 최고로 즐거운 순간이었다. 그때까지 나는 무엇인가를 혼자 하는 것이 즐거웠다. 자신만의 세계에 틀어박혀 은둔하는 것을 좋아하는 성격이었다. 하지만 스물한 살이 되어 다른 사람과 함께 무엇인가 하는 감정과 열정과 우정의 개념을 드디어 이해하게 된 것이었다.

왜 '유사 생명화 현상'이 일어나는가?

캠프장에서 일하면서 흥미 있게 느꼈던 일 중에 길가의 기계톱 아트 나무들이나 운동기구가 동물 모양을 한 것들이 많았다는 점이다. 재료와 기능만을 생각하면 동물 모양일 필요는 없는데 그렇게 만들어져 있다. 로봇도 마찬가진데 왠지 인형 디자인이 가장 많다. 일반적으로 로봇이라고 듣고 연상되는 이미지는 왜 무기질 상자가 아닌 사람과 동물 모양을 하고 있을까? 나만의 대답이지만 그것은 사용하는 사람이 애착을 갖게 하고, 그 자체에 캐릭터를 부여해주기 위함일 것이다. 로봇이 그저 컴퓨터 상자가 되어버리면 인공지능의 '지능' 부분을 도움 받을 수 있을지 모르지만, 인간적 면모와 캐릭터로부터 받을 수 있는 어떤 느낌을 얻을 수 없을 것이다.

방금 가게에서 사온 펜이 있다. 나는 이것을 "이것은, 이것의~"라고 표현한다. 그런데 오랜 시간을 함께 지내온 자전거나 자동차는 마치 친구처럼 **"이놈은, 이 녀석은~"** 하고 말해버린다.

왜 이런 현상이 일어날까?

나는 고등전문학교 시절, 인공지능을 연구하는 데 도움이 될 것이라 해서 인간의 심리에 대해 몇 가지 연구를 했다. **'이것'**이라고 불리던 무기물이 어느새 내 안에서 **'이 녀석'**으로 바뀌는 순간이 있었다. 그 현상을 내 마음대로 의인화한 **'유사 생명화 현상(類似生命化現像)'**이라고 명명하며, 왜 그런 현상이 일어나는지 생각했었다.

가장 떠올리기 쉬운 것은 어린 소녀가 가지고 있는 인형이다.

"이 아이"라고 부르며 소녀의 아버지마저 "이 녀석"이라고 부르기도 한다. 인형을 "이것"이라고 부르는 사람은 없을 것이다. 마네킹도 그렇다. 동물 모양을 한 것을 우리는 자연스럽게 '이것'이라 취급하지 않으며 쓰레기장에 버려진 모습을 보면 슬픈 기분이 든다.

자동차나 자전거, 스케이트보드 등 탈 것도 **'이 녀석'**이라고 불릴 때가 많다. 남의 자동차는 **"이 차, 저 차"**라고 부르지만 자신의 차는 마치 동료이자 파트너이다.

"이놈은 나의 오랜 파트너라 바꾸고 싶지 않아."

그런 말을 들을 때가 많다. 탈것뿐만 아니라 장인의 도구, 젊은이의 스마트폰 등 몸의 일부가 된 것 같은 애용품은 사용하는 본인에게 생명화하기 쉬운 경향이 있는 것 같다. 우리 할아버지도 옛날 TV를 두드리면서 **"이놈 요즘 상태가 안 좋네."**라고 말씀하시곤 하셨다.

다시 이야기를 하면 이런 연구를 통해서 로봇을 만드는 데 동작과 디자인의 중요성이 크다는 것을 느끼게 되었다. 아무리 기술이 최첨단이라도 '위화감'을 느끼게 해서는 안 된다. 중요한 것은 사람들이 '어떻게 느끼는가?'에 있다.

로봇을 만드는 데 중요한 일은 대학교에서 제어공학을 배우는 것이 아니라, 어떻게 제어하고 그것을 본 사람들이 **'어떤 상상을 하게 만들지'**가 본질이다.

그렇다면 전혀 다른 신체인 로봇보다 우선 자신의 신체를 사용해서 공부하는 것이 좋지 않을까? 자신의 신체가 어떻게 움직이는지, 그 움직임에 따라 주변 사람들은 어떤 인상을 받을지, 일부러 로봇을 만들어서 움직이지 않아도 자신의 신체로 테스트 하고 피드백을 받을 수 있다.

아무 것도 없는 장소에 마치 있는 것처럼 느끼게 하는 기술이 무엇인지 생각한 결과 나는 팬터마임 동아리에 가입해 신체표현을 배우기도 했다.

로봇을 배우기 위해 팬터마임을 시작하다

커뮤니케이션 능력이 없는 내가 오히려 '사람과 사람을 잇는' 커뮤니케이션 지원기기를 만든다는 것은 어불성설이라 생각해서 먼저 사람과 대화하는 훈련을 받았다. 그것과 마찬가지로 로봇 제어를 생각하면 우선 그 전에 내 신체부터 자유롭게 제어하는 훈련을 해보자고 생각한 것이다.

대학에 들어오기 전까지 몸을 움직일 기회가 별로 없었던 나에게 신체의 일부에 의식을 집중시키는 일이나 신체의 중심 즉, 단전의 개념을 의식한다는 것은 그만큼 신선한 감각이었다.

벽을 타는 팬터마임에서 왜 벽이 보이는지를 이해할 수 있었고, 나의 견갑골이 어느 위치에 있으며, 어떤 형상을 하고 있는지도 이해할 수 있게 되었다.

어깨와 팔의 미묘한 변화로 자신감 있던 캐릭터가 갑자기 가냘픈 것처럼 **보인다든지**, 무대 위에서 섬세한 움직임에 신경 쓰는 것보다 불필요한 움직임으로 쓸데없는 **위화감**을 주는 것에 주의해야 한다는 등 배울 것이 너무나 많았다. 지금까지 잘 사용하지 않았다거나 불필요한 근육을 원래 쓰던 것처럼 자연스럽게 움직이게 할 수 있게 되었다.

이런 몸의 움직이는 구조가 재미있어서 내 방에 실제 사람 크기의 인골모형을 사다놓고, 막대풍선을 묶어 삼각근과 승모근을 재현하면서 신체구조를 공부했다.

또한 전통인형극도 참고했다. 아는 사람 소개로 인형극 분장실에서 직접 인형을 살펴보았다. 와이어를 당기는 일로 개폐하는 손은 바로 로봇 의수 그 자체였다. 게다가 거친 공연도 견딜 수 있는 사용법과 견고함을 궁리한 점도 엿볼 수 있었다. 어떤 로봇보다 생동감이 있었다. 로봇 연구를 하는 사람이라면 꼭 봐야 하지 않을까 싶다.

들어가고 싶은 연구실이 없어 내가 만들다

2학년 마지막 학기, 나는 조금 곤란해졌다. 슬슬 들어가고 싶은 연구실을 선택해야 했다. 대학 입학 직후 설명회 때 나오신 교수님들께 인사하러 다니며 흥미가 있는 연구실은 전체적으로 견학했다. 교수님들도 입학하자마자 연구실을 견학 온다니 대견하다며 흔쾌히 견학시켜주셨다. 덕분에 공작기계를 사용해보거나 선배들의 연구를 둘러보는 등, 여러 차례 다녔으나 아쉽게도 딱히 '여기에 들어가고 싶다.'고 강하게 느껴지는 연구실은 없었다.

고등학교 시절 휠체어 연구를 할 때, 휠체어 개발 자체나 새로운 기구에 대한 아이디어 등 너무나 설레면서 임했지만 결국 그 휠체어를 실용화할 수 없었다. 그 휠체어는 '쾌적하고 안전하게 주행할 수 있는 전동휠체어 연구'를 위해 만든 것이며, 실제로 사용자가 원하는 것을 만들고자 했던 것이 아니다. 실제로 유용성 검증을 반복한 것도 아니었다.

당시 전뇌휠체어 시제품을 사용해본 사람들이 타기 불편하다거나, 수평제어가 덜컥거려서 무섭다거나 하는 불편한 평가를 받았을 때 "아직은 연구 중입니다."라고 변명했고, "이런 것을 만들어 줘서 고마워요! 그런데 언제부터 판매하는 겁니까?"라는 말을 들었을 때도 "아직은 연구 중이라서 실용화는 미정입니다."라고 대답할 수밖에 없었던 것이 괴로웠다. 결국 연구로 끝나고 말았다.

내가 대학교에서 하고 싶었던 일은 고등학교 때 할 수 없었던 실용화를 위한 연구이며, 과제에 대해 수많은 아이디어를 내고 만들어서 실제로 도움이 필요한 사람들에게 가서 의견을 듣고 함께 만들어가는 것이었다.

그것은 연구자 관점에서 물건을 만드는 것이 아니라 필요로 하는 사람의 관점에서 개발을 하는 것인데, 모든 연구실이 논문을 위한 연구를 하고 있는 것처럼 보였다.

물론 그것이 절대로 나쁘다는 것은 아니다. 내가 하고 싶은 일이 아니었다는 말이다.

나는 어느 연구실에도 속하지 않기도 결정했다. 그런데 부모님으로부터 어떤 연구실이든 꼭 들어가라고 당부 받았기에 편의상 들어간 것으로 하기 위해 내가 살던 아파트 방 하나에 '오리이연구소'라고 이름 붙였다. 자신이 만든 '연구실'에 소속된 것이지만, "연구실 제대로 다니니?"라고 부모님께 질문을 받으면 찔끔했지만 "당연하죠."라고 대답했다. ㅋㅋ

얼마 후 학교 인큐베이션센터에 '오리이연구소' 간판을 떡하니 달 수 있게 되었다. 이로써 "학교에 연구실이 있다."고 당당하게 말할 수 있게 되었다.

'주식회사 오리이연구소'의 전신으로 발전해갔다.

인생 세 번째 드롭아웃

갑작스럽지만 나는 물샴파다.

물샴이란 목욕탕에서 머리를 감을 때 샴푸와 린스를 쓰지 않고 뜨거운 물로만 머리를 감는 일을 말한다. 그런데 이 말을 들은 사람들은 대체로 "네? 지저분해! 불결해! 하지 마!"라고 말한다. 그런데 왜 샴푸와 린스가 필요한지 거꾸로 묻고 싶다. 원래 얼마 전까지도 그런 것을 사용하지 않았었다.

샴푸와 린스를 쓰면 머리가 좋아지거나 대머리에 효과가 있다면 모르겠다. 안 쓰는 게 지저분하다니 나로선 이해가 안 된다. 고등학교 때 실험적으로 쓰는 것을 그만뒀는데 특별히 불편한 점을 느끼지 못했다. 이후 귀찮기도 하고 돈만 들기 때문에 기본적으로 샴푸와 린스는 사용하지 않는다. (사교댄스에서 머리를 굳히거나 한 뒤에 씻어낼 때 사용하는 경우는 있었지만.)

당시 그 일을 주변 사람에게 말하는 것은 '고백'이자 '폭로'였다. 모든 사람이 입을 맞춘 것처럼 믿을 수 없다는 반

웅이어서 그 후 비밀로 했다. 그런데 시대가 바뀌어서 이제는 '물샴'이란 용어도 만들어졌다. TV에 나오는 유명인사가 샴푸를 쓰지 않는다고 말하면서 갑자기 시민권을 얻기 시작했다. 세상이란 순식간에 돌변하는 참으로 무책임한 것이다.

옛날부터 왜 학교를 가지 않으면 안 되는지, 왜 사람들과 사이좋게 지내지 않으면 안 되는지, 왜 교복을 입지 않으면 안 되는지 등 사람들이 '당연하다'고 말하는 일들을 이상하게 생각하는 성격이라 그것을 물어볼 때마다 혼이 났었다. 그렇지만 대부분 나에게 명확한 답을 주지 않았다. "바보 아냐?", "원래 그런 거야."라는 말을 들었을 뿐이다.

샴푸를 예로 꼽았지만 그런 일은 지금도 있다. 고등전문학교 시절에 만든 검은 백의도 그렇다. 주변에서 "미쳤다"며 웃음을 사고 놀림을 당했다. 그런데 주위에 큰 폐를 끼치지 않는 한 좋다고 생각한 일을 하면 된다. 중요한 것은 사람에게 권유 받은 것을 그대로 하는 것이 아니라, 자신이 생각하고 자신의 책임으로 선택하는 일이다.

남이라는 존재는 책임질 것 같은 말을 하면서도 결국 책임 따윈 지지 않는다. 학교를 나가지 못하던 인생 초기에 그 일을 알게 된 것은 다행이었다.

그런데 대학교 3학년 때 아주 궁금한 일이 생겼다. 주변 사람들이 당연하게 "대학교는 졸업해야 된다."고 말했다. 지금도 그렇게 말하면 "당연하잖아."라든가 "무슨 말을 하고 있는 거야, 이놈은…"라는 말을 듣게 될 것 같다.

원래 나는 초등학교 중학교를 그렇게 다니지 않았다. 고등학교는 공작을 배우기 위해 다닌 것이며, 고등전문학교는 일 년 만에 중퇴했다. 대학교만 4년 만에 졸업하는 것이 이상하다는 생각이 들었다.

대학교뿐만 아니라 학교는 **'배우고 싶은 일을 배우기 위해 다니면 된다.'**는 것이 나의 지론이다. 나에게 필요한 지식을 효율적으로 잘 배우기 위해 다니면 되는 것이고, 졸업 자격이 필요하다면 따면 된다고 생각한다.

출석 횟수가 성적에 반영되는 시스템도 나에게 맞지 않았다. 대학교 1학년 때는 컨디션 불량으로 보름에 한번 정도로 집에서 나가지 못하고 쉬고 있으면 '같은 수업을 4회 이상 빠졌기 때문에 학점이 인정되지 않습니다.'란 통지서가 왔다. 몇 번은 '화상전화'로 수업들은 것을 출석으로 인정해달라고 사정했으나 소용이 없었다.

내 독자 연구실인 오리이연구소를 만든 무렵부터 수업도

필수과목보다 다른 학과의 재미있어 보이는 강의를 청강했다. 그때까지는 흥미가 있는 과목이 있어도 필수과목과 시간이 겹치면 참고 필수과목 수업을 받았으나, 한편 아깝다는 생각이 들었다. 나는 남이 시켜서 하는 공부보다 내가 관심 있는 수업을 받는 쪽이 훨씬 배울 것이 많았기 때문이다.

영화나 미술, 건축, 상업 등 다양하고 재미난 수업을 맨 앞줄에서 들었다. 또한 흥미가 있어서 매번 수업이 끝난 후에 질문하러 가고 전공과 관계없는 교수님들과도 친하게 되었다.

마음에 들어 하셔서 세미나 때 게스트로 초청해주시거나, 산학협력연구회의 최연소 멤버로 받아주어 피서지 가루이자와에 있는 멋진 별장에 여행을 같이 가기도 했다. 강사 대신 90분 특강을 하는 기회를 얻기도 하고, 대학에서 로봇전시회에 출전하게 되는 등 보통의 대학 생활에서 얻을 수 없는 큰 기회로 연결되기도 했다.

"학교는 배우고 싶은 것을 배우고, 가고 싶을 때 가면 된다."고 말했지만 그렇다면 "학교는 다니는 편이 좋을까?"라는 질문에 대해서 나는 "다닐 수 있으면 다니는 것이 좋다."고 대답한다. 학교에 다니는 것은 훌륭한 친구와 전문가 교수님과의 귀중한 만남과 시간을 만드는 장이기 때문이다. 그것만으로도 충분히 다닐 가치가 있다.

"비싼 등록금을 내고 졸업하지 않고 아까워."라고 말하는 사람이 있으나 천만의 말씀이다. 와세다에 들어올 수 있어 참으로 많은 만남과 기회를 얻었다고 생각하고 있으며, JSEC 입시제도를 만들어주신 하시모토 쥬지 교수님께 이 자리를 빌려 진심으로 감사드린다.

5장

누구나 쓸 수 있는 '또 하나의 신체'

자신이 원하는 것을 만들어라!

대회에 나가라!

상금은 쓰면 없어지고

영광의 시간도 순식간에 사라지지만

그곳에서의 좋은 만남은

그 후로도 오랫동안

인생을 풍요롭게 해준다.

단 한 명의 로봇 개발자

대학교 3학년 봄, 나는 로봇제작을 시작했다.

콘셉트는 **'마음의 휠체어'**. 휠체어가 있어도 거리가 멀거나 병 때문에 신체를 옮길 수 없는 경우 진짜로 거기에 가 있는 것 같은 감각을 맛볼 수 있게 하려면 어떻게 하면 좋을까? 과거 3년 반 동안 학교를 나가지 못하던 시절에 내가 원하던 것이 무엇인가를 생각하며 또 하나의 **'분신'**을 만드는 것에 대해 생각했다.

사실은 보기도 성능도 비슷한 또 하나의 인간을 만들고 싶었지만 현재의 기술로는 그것은 불가능하다. 하지만 로봇과 인터넷을 합치면 그것이 가능할지도 모른다. 오늘날 로봇이라면 AI의 자립형 로봇을 먼저 연상하지만, 나는 그것과 구별해서 **'분신로봇'**으로 명명하고 개발을 시작했다.

대학 비공인 랩 **'오리이연구소'**. 멤버는 나 혼자다. 그 당시 살고 있던 이타바시구(板橋区)의 한 다세대 주택의 방 하나가 나의 공방이었다. 나는 인간형 로봇 휴머노이드를 만들어 본적이 없었기 때문에 모든 게 처음부터 시작이었다. 인터넷으로 정보를 알아보고 스케치북에 완성된 이미지를 스케치하고 우선 필요한 부품을 구입했다.

나의 분신이기 때문에 이미지 컬러는 블랙. 그러나 남자 여자 모두 받아들일 수 있는 디자인으로 하고 누구의 분신이어도 위화감이 없도록 여성스럽게 걷거나 남성스런 행동을 하는 감정의 폭을 낼 수 있는 설계를 지향했다. (결과적으로 흉부에 배터리를 넣어 여자처럼 보이긴 하지만.)

로봇뿐만 아니라 무엇인가 만들고 싶은 것이 있는데 만드는 방법을 모를 경우 우선 시중에 판매되고 있는 것을 사와서 그것을 관찰하는 일부터 시작했다. 이때는 콘도과학사(近藤科学社)의 이족보행로봇을 택했다. 선택한 이유는 개조가 간단하고 보드의 범용성이 높아 보였기 때문이다

우선 설명서대로 조립해보았다. 4시간 정도 조립하고 입력한 프로그램대로 동작하는 것을 확인했다. 부품의 특성을 이해했으면 분해하여 모든 기존의 프레임을 하나씩 바꾸어 갈 준비를 한다. 드릴과 핸드톱을 사와서 알루미늄판을 가공하여 프레임을 만들어갔다.

서브 모터 하나의 금액이 6000엔이면 학생에게 큰돈이다. 게다가 로봇의 하반신은 전신의 무게를 지탱해야 하기 때문에 6000엔의 모터로는 힘이 약하고, 추가로 2000엔의 모터

가 필요한 부분도 있었다. 그것들을 합쳐서 24개를 샀다. 처음엔 모터를 어떻게 착탈식으로 할까를 생각했다.

그런데 디자인을 우선시하면 몸체에 매립시키는 것이 만들기 쉽다. 문제는 자금이 없는 학생이 이런 로봇을 만들 때 서브 모터를 일회용으로 생각할 수 있는가가 큰 걸림돌이었다.

여담이지만 서브 모터라면 대학교의 대형쓰레기장이 나에게 보물섬이었다. 연구실의 이사나 대청소가 있을 때마다 취미용 로봇들이 버려질 때가 있기 때문이다. 그래서 운이 좋아 구입하려면 12만 엔 상당의 대량 서브 모터를 구할 수 있었고, 이족보행로봇 실험을 할 수 있게 되었다. 팬터마임을 배우면서 구상했던 것인데 뒤꿈치와 발끝을 사용해서 인간답게 걸을 수 있는 로봇이었다.

취미용 로봇은 인간처럼 걷기는 힘들고 옛날의 ASIMO(소니가 판매한 강아지형로봇)처럼 무릎을 구부리고 걷는 '정보행(静歩行)'이 일반적이었다. 사람과 동물은 가고 싶은 방향으로 중심을 옮겨서 그 앞에 발을 딛는 '동보행(動歩行)'을 하고 있다. 이른바 쓰러지면서 쓰러지지 않도록 발을 앞으로 내미는 동작을 반복하면서 앞으로 나가는 것이다.

2009년에 그린 OriHime 스케치

요즘 로봇들은 이것이 당연한 것처럼 되어 있지만 당시는 참으로 복잡한 제어가 필요하고 어려웠다. 아직도 작은 취미용 로봇은 '정보행'이 주류 제품이다. 이것은 로봇의 중심이 반드시 어느 한쪽의 발 위에 있어 안정되는 보행법이다.

이를테면 무술 할 때 허리를 낮추고, 무릎을 구부리는 자세를 취한다. 이것이 더욱 안정적인 자세이기 때문이다. 그러나 항상 무릎을 구부리면서 걷는 일은 어색하게 보인다. 이것을 해결하는 방법으로 발끝과 발뒤꿈치를 사용해서 무릎을 굽히지 않고 '동보행'처럼 보이는 '정보행' 하는 로봇을 개발하게 된 것이다.

그 외에도 쓰레기장에는 소니의 강아지 로봇이나 이프봇(ifbot) 등이 자주 버려져 있었다. 그것을 집에 가져 와서 분해하고 내용물을 연구했다. 설계를 할 때 이때 분해한 내용물을 관찰한 것이 많은 도움이 되었다.

로봇을 만드는 방법은 1장에 소개한 것처럼 발사목을 깎아서 녹은 플라스틱판을 붙여 형틀을 만든 후 실리콘으로 다시 형틀을 뜨고 캐스트 레진으로 복제하는 방법으로 조형하고 있다.

이때 가장 배우고 싶었던 것이 이런 조형 기법이었다. 대학교에서는 배울 수 없었고, 잘할 만한 사람도 찾을 수 없었기 때문에 인터넷에 올라와 있는 방법을 닥치는 대로 시험해 보고, SNS로 근처에 사는 피규어 장인에게 연락을 취하고 만나서 지도를 받거나 배웠다. 그렇게 도움을 받을 수 있는 사람이 있는지 없는지에 따라 상황은 전혀 달라진다.

인터넷으로 연락한 사람을 친절하게 만나주는 것도 학생의 특권이었다. 경험자들을 만나면서 바로 0.5mm의 어긋남이 전체에 큰 영향을 주는 것을 알고 수작업으로 가공하는 작업을 단념하고 절삭가공기를 도입하기로 했다. 컴퓨터에서 CAD가 보내는 명령 그대로 소재를 깎아주는 장치다. 덕분에 아르바이트로 번 돈이 한꺼번에 없어졌지만 공작 정밀도가 크게 향상되었다.

하나 문제였던 것은 이런 지식과 기술을 배우게 되면서 불과 한 달 전에 만든 다른 부품들을 다시 만들고 싶어지거나 결국 설계 자체를 다시 하게 된다. 결국 여러 번 다시 만들게 되면서 완성될 기미가 보이지 않았다. 이런 일은 지금도 자주 있지만 이럴 때 중요한 것은 자신감과 결단력이다. **'언젠가 완성시킬 수 있다.'**는 자신감, 지식과 기술이 성장하는 시간을 기다리지 않고 아이디어가 떠올랐을 때 **'단기간으로 단번에 만들어버리자.'**는 결단력 말이다.

사실 반년 만에 만들 예정이었지만 결국 완성한 것은 동기들이 졸업하는 해였던 4학년(2010년) 여름이었다. 완성한 시기와 나의 애칭 '오리이'와 '떨어진 곳에 있는 만나고 싶은 사람과 만날 수 있도록'이라는 콘셉트로부터 완성한 로봇을 'OriHime(직녀)'라고 명명했다.

1년여 정도 동아리활동과 취미 생활을 자제하며 로봇 개발에 전념하는 시기였지만, 무엇을 만들고 있는지는 주변 사람들에게 비밀로 했다. 교수님과 부모님은 '도대체 뭘 하고 있는지?' 걱정하셨고, 나 스스로도 이것이 정말 내 인생을 위한 일일까 하며 불안해하지 않은 것은 아니었다. 그렇지만 그만두고 싶다고 생각한 적은 한 번도 없었다. 누구나 간단히 사용할 수 있는 '분신로봇'이 만들어진다면 나처럼 '고독'을 경험한 사람이 조금이라도 줄어들 거라 생각했다. 뿐만 아니라 지금 '고독' 때문에 삶을 괴로워하는 사람들에게 위로와 치유가 될 것이라 생각했다. 비전과 목표가 있는 한 사람은 혼자서도 고독을 이겨내고 삶을 열정적으로 살아낼 수 있다고 생각했다.

저렴하고 넓은 작업장을 만드는 방법

'오리이연구소'는 다다미 6장짜리 작은 방에 있었는데, 설비와 부품이 늘어남에 따라 더 작아졌다. 게다가 생활공간과 공작공간이 같다보니 청소하는 데 시간이 많이 걸렸고, 목재를 깎거나 도장하는 일에 한계가 있었다. 몸 상태가 나빠졌을 때도 휴식을 취할 공간마저 부족했다.

이제는 분진을 신경 쓰지 않아도 될 넓은 작업장이 필요하게 되었다. 그렇지만 지금 쓰고 있는 공간도 원래 도심에서 멀 뿐만 아니라 역에서도 상당히 떨어진 값싼 다세대주택이어서 더 이상 절약 생활하는 것도 한계가 있었다. 더 이상 방세가 싼 곳을 구할 수 없었다.

그때 한 친구가 "쉐어하우스 하고 싶다."고 말한 것에서 아이디어를 얻었다. 넓은 단독주택을 다른 개발자들과 나눠 쓰고, 차고 같은 공유공간에 작업장을 만드는 것이 어떨까를 생각했다.

공동생활을 생각하니 괴로운 추억으로 남았던 1년간의 기숙사 생활이 떠오르기도 했지만, 그 일은 나에게 대인관계를 많이 극복하게 해주었다. 그 경험을 활용하고, 내가 모은 동료들이라면 공동생활도 어렵지 않을 것 같았다. 바로 인터넷과 부동산에서 후보지를 물색했다. 도심까지 적당한 교통편도 있고, 5명 넘는 사람이 넉넉하게 공간을 쓸 수 있을 정도로 넓었고, 차고도 딸린 한적한 집을 찾을 수 있었다. 집주인이 직접 설계한 집이지만 가족이 살기엔 불편한 점이 많아 입주하려는 사람이 좀처럼 나타나지 않는 집이었다.

통나무집인 것도 아주 마음에 들어 살펴본 후 바로 계약했다. 다른 개발자 친구들과 함께 쓰면서 집세 지출이 오히려 이전보다 줄었다. 주택수리센터가 바로 근처에 있는 것도 편하고, 차고를 개조해서 공작실로 만들어 염원하던 실리콘 틀을 만드는 큰 장치도 설치할 수 있어 로봇 양산이 가능하게 되었다.

그래도 로봇 제작엔 돈이 든다. 가난한 학생이 자금을 어떻게 마련하는가가 문제였다. 그래서 내 생활비를 먼저 계산해봤다. 9만 엔 정도 있으면 문제없이 살 수 있었고, 13만 엔 정도 있으면 사치스런(?) 생활도 가능했다. 생활비를 최소한으로 줄이고 남은 돈을 모두 제작비에 투자하기로 했다.

지금도 그렇지만 도쿄에서 살기 시작한 지 10여 년 동안 한 번도 방세를 5만 엔 이상 낸 적이 없다. 남은 돈은 새로운 경험과 재미있는 일에 투자했다.

참고로 당시의 내 식습관의 한 단면을 이야기하겠다. 그때 나는 숙주나물을 먹거나 물을 마시며 허기를 채우기도 했다. 복합비타민과 계란으로 나머지 영양소를 보충하며 그런대로 힘들지 않게 지내왔다. (물론 건강에도 신경 썼지만.) 요리랄 것도 없지만 좋아하고 잘 만드는 건 삶은 계란이다. 맥도널드 햄버거는 가끔 부리는 사치였다.

물론 그때보다 경제적 여유가 있는 지금은 좋아하는 걸 참지는 않는다. 그때 가끔 외식을 하게 되면 혼자보단 친구들과 함께 먹었다. 비용이 생각보다 적게 들었고, 더 맛있고 풍요로운 식단을 선택할 수 있었기 때문이었다. (이것도 가끔 부리는 사치였으니까.)

창업이라는 선택

OriHime를 만든 후에는 사용자로부터 사용소감 받는 일을 우선으로 했다. 조작은 어떤 PC로도 할 수 있게 했다.

여러 가지 변형을 모두 수작업으로 만들고 있다

OriHime 머리에 달린 카메라를 통해 영상을 보내고, 양방향으로 음성을 주고받을 수 있다. 동작버튼을 누르면 일어서거나 걷고 움직일 수 있다.

총 24개의 관절이 있는 OriHime는 다양한 포즈를 취할 수 있어서 처음 보는 사람들에게 좋은 평가를 받았다. 그렇지만 자리를 차지한다, 이동하기가 어렵다, 취할 수 있는 포즈가 너무 많아서 오히려 고민된다, 고장나기 쉽다, 동작 조정이 어렵다 등의 불만을 들었다. 결국 OriHime는 실용성 떨어지는 기계가 되고 말았다.

그래서 누구나 쉽게 사용할 수 있는 간이타입을 개발했다. 그것이 'OriHime mini'다. 과감히 목 관절 두 개만 움직이게 했다. 그때까지는 사람을 모티브로 했지만, mini 타입은 새와 고양이 등 작은 동물을 모티브로 해서 작은 동물 특유의 시선으로 보고 있다고 느낄 수 있게 만들려고 애썼다.

첫 번째 과제는 역시 사용하고 의견을 말해줄 사람을 찾는 일이었다. 이 분신로봇을 사용할 때 입원해 있는 사람이 (영상통화와는 다르게) 가족과 함께 시간을 보내고 있다는 느낌을 주고 싶었다. 자신은 있었으나 확신이 없었다.

가능하면 입원해 있는 사람이 실제로 사용해보고 도움이 될지 검증받고 싶었으나 병원도 환자도 믿지 않았다. 하는 수 없이 동아리 친구들과 실험을 했다. 나와 친구들은 OriHime 주변에 모여 있었고, 고향인 나라현에 사는 친구가 OriHime를 조작했다. 우리는 나라현에 사는 친구에게 영상 통화와 비교해서 **"지금 도쿄에 같이 있는 것 같은 느낌이 드는지?"**를 묻는 실험을 반복했다.

이렇게 OriHime 실험이 시작되었지만 다음 단계를 어떻게 할지는 아직 충분히 생각하지 못했다. 경영자였던 한 대학 강사에게 상품화할 수 있는지 상담도 해보았다. 결국은 아무도 상대하지 않았다.

그 당시 나의 분신로봇을 이해해주는 사람은 아무도 없었다. 그러나 단 한 사람, 분신로봇의 콘셉트에 큰 관심을 가져준 사람이 JSEC 2006 우승자인 **유우키 미키(結城明姫)**였다. 그녀는 JSEC 수상 후에 나와 마찬가지로 ISEF에 일본대표로 참가하기로 했으나 갑자기 결핵을 앓는 바람에 참가는 커녕 반년 가까이 학교도 쉬게 된 아픈 과거가 있었다. (그녀는 2년 연속 JSEC 수상을 달성하고 그 이듬해 ISEF에 나갔다.)

그녀는 JSEC 동창회를 시작했을 때의 멤버다. 2009년에는 JSEC 역대 결승전 출전자들이 참가하는 3박4일 일정의 야쿠시마(屋久島) 행 캠프를 내가 기획했는데, 그때도 그녀가 사무적 일을 도와주는 등 교류가 있었다. 그 캠프에서 그녀에게 나의 분신로봇에 대한 콘셉트를 설명해주었다. 그러자 그녀는 반색을 하면서 자신이 결핵으로 요양 중이었을 때 분신로봇이 있었다면 할 수 있는 일이 많았을 거라며 좋아했다. 그 일을 기억하고 있었는지 OriHime를 만들었을 때 "창업해볼까요?" 하며 연락해왔다.

창업이라면 어떤 이미지가 있을까? 나는 나와는 너무나 먼 세계인 것 같아 "그다지 돈벌이에는 관심이 없다."고 대답했다. 하지만 유키가 말했다.

"요시후지 씨가 혼자 하는 것도 괜찮아요. 요시후지 씨의 열정만으로도 진행할 수 있을 겁니다. 그런데 분신로봇을 온 세상의 필요한 사람들에게 전달하려면 팀을 만들 필요가 있어요. 그 팀을 요시후지 씨가 없으면 안 되는 시스템으로 만들어요. 사회 시스템은 돈의 순환으로, 돈이 돌기 때문에 사람이 계속 움직이는 거지요. 시장을 만들고 서비스를 제공할 수 있는 시스템을 만드는 일이 바로 비즈니스예요."

나는 비즈니스 공부를 시작했다.

참고로 2009년 야쿠시마 캠프에는 후에 오리이연구소에 입사하는 엔지니어 카미바야시(神林) 씨, 팸플릿 디자인을 담당하는 야마우치(山内) 씨도 참가했었다. 거기서 우리는 아직 아무런 형태도 없는 분신로봇의 콘셉트를 이야기하고 있었다. 그때는 전혀 의식하지 못하면서.

경연대회를 권하다

창업한다 해도 OriHime가 정말 도움이 필요한 사람에게 쓸만한 물건인지 확신이 없었다. 어떻게 할까 고민을 하다가 2010년 와세다대학교에서 1년 전부터 시작한 ROHM사가 후원하는 'WASEDA 상품 만들기 프로그램'이라는 제품제작 경연대회에 응모하기로 했다.

ISEF 이후 5년만의 대회였다. 디자이너 지망생인 친구에게 조언을 받아 포스터를 멋있게 디자인했고, 연극을 하는 친구의 도움을 받아 연출에도 신경을 쓰며 대회를 준비했다. 그 결과 우승할 수 있었다. 이 대회 우승으로 몇몇의 교수님과 알게 되고, 병원도 소개받아 나중에 그 병원을 통해 OriHime를 임상실험을 할 수 있게 되었다.

또한 비즈니스경연대회가 있다는 얘기를 듣고 도쿄도가 주최하는 '학생기업가선수권대회'를 견학했다. 비즈니스경연대회가 어떤 것인지 알게 되었다. 공개과목이었던 벤처기업가 양성 기초강좌를 수강하며 비즈니스 플랜을 썼다. 수업의 마지막에 있는 비즈니스 플랜 콘테스트에서 상경계 학생들이 진지한 비즈니스 플랜을 설명하는 가운데, 나는 로봇을 등장시켜 여기저기 돌아다니는 기발한 프레젠테이션으로 우승했다. 그 결과 와세다인큐베이션센터에 '오리이연구소'의 간판을 달수 있게 되었고, 기업을 창업한 선배들로부터 비즈니스 기초를 배울 수 있게 되었다.

또한 이듬해인 2011년, 사업계획 작성법을 제대로 배우기 위해 OriHime와는 전혀 다른 별개의 비즈니스 플랜으로 미타카시(三鷹市)에서 개최된 비즈니스 콘테스트에 유우키와 함께 출전해 2위인 우수상을 수상했다.

로봇대회에서도 비즈니스대회에서도 '이 정도까지 하는가!'라고 모두를 놀라게 한 사람이 이긴다. 이것으로 충분할 것이다가 아니라 이기는 것만 생각해서 철저하게 준비를 했다. 비즈니스플랜 즉, 사업계획을 제대로 짜는 것은 물론, 대회장을 미리 견학하고, 이미지와 동선을 확실히 기획했다. 심사위원이 공개되어 있을 때는 그 사람의 과거의 인터뷰 기사를 보고 어떤 비즈니스 모델과 자주 사용하는 관용구가 무엇인지 조사했다. 대본도 여러 패턴을 준비했고, 작업장에 프로젝터와 스크린을 사와서 배우인 친구 존슨과 함께 전달하기 쉬운 말투와 프레젠테이션 연습을 며칠 동안 했다. 그 정도까지 하지 않아도 되는데 라며 심사위원들을 놀랄 정도까지 하는 게 목표였다. 어떤 일이든 철저히 하는 것은 어렵다. 거의 나 자신과의 싸움이기도 하다.

그 결과 '캠퍼스벤처그랑프리(CVG) 도쿄'와 전년도에 견학한 '학생기업가선수권대회' 두 대회에서 모두 우승할 수 있었다.

사실 그동안 유우키는 대학교 수업 때문에 런던에 한 1년 동안 유학 중이었는데, 그 유학 기간이 OriHime를 테스트 할 수 있는 아주 좋은 기회가 되었다. OriHime로 미팅이나 세미나에 참가했고, 학생기업가선수권대회 때는 유우키가 런던에서 OriHime의 모습으로 심사위원들의 질문에 대답하는 등 1만km 떨어져 있어도 분신로봇 OriHime를 이용해서 공동 프레젠테이션을 할 수 있다고 증명했다. 고교시절 결핵 때문에 세계대회인 ISEF에 출전하지 못했던 유우키는 누구보다 기뻐했다.

이들 대회에서 얻은 상금과 멘토들의 도움으로 회사를 만들게 되었다. 또한 대회를 계기로 소개받은 리바네스의 마루 유키히로(丸幸弘) 사장이 OriHime의 첫 사용자가 되어주었고, 창업을 지원해준 도쿄도의 괴짜 직원 토리이(鳥井)씨와 만나거나, 스탠포드대학의 '기업가정신 스타트업 캠프 2012'에 일본대표로 참가해 실리콘 밸리를 견학할 수 있었고, NHK에서 10분간 특집방송도 하게 되는 등 참으로 어려운 기회를 얻는 여러 혜택을 받았다.

경연대회의 참 맛은 훌륭한 사람들과 만나는 기회를 얻는 일이다. 경연대회를 그저 실력과시를 하기 위한 것이나, 상금을 목적으로 하는 것은 아주 어리석은 일이다. 존경스러운 스승과 친구와의 만남은 수준 높은 경연대회에서 얻을 수 있기 때문이다.

특히 고등학생에게는 'JSEC'를 권하고 싶고, 대학생과 직장인에게는 CVG나 '꿈어워드'를 추천하고 싶다. 운영에 힘을 쏟는 좋은 경연대회는 과거의 결승전 출전자를 아껴주고 대회가 끝난 후에도 수상자끼리 연결시켜 준다.

상금은 쓰면 없어지고, 영광은 시간과 함께 사라지지만, 좋은 만남은 그 후의 인생을 쭉 풍요롭게 해준다.

6장

필요한 사람에게 확산되는 분신로봇 오리히메

사용자와 함께 미래를 만들다

'사용자의 목소리를 들어라'가 아니라

'현장을 직접 방문하라.'

처음으로 OriHime를 사용해준 사람

사람은 사람과 만나는 일로 자신과 환경을 변화시켜 나가는 생물이다. 그러나 그냥 집에서 기다리는 것만으로는 좋은 만남을 기대할 수 없다. 만나기 위해서는 밖으로 나가야 한다. 사람은 사람과 만나기 위해 집에서 나가고 밖으로 나가는 것이다.

처음 비즈니스 플랜을 작성하고 있었을 때는 불안이 가득했다.

애당초 분신로봇이란 콘셉트가 정말로 통용될까?

나와 유우키는 입원하고 있는 사람이나 집에서 나갈 수 없는 사람에게 도움이 된다고 생각했으나 그것은 맞는 것일까? 가능하면 병원의 의사와 입원해 있는 이용자가 사용해보고 느낀 목소리를 원했다.

그러나 보통 대학생인 나에게 그런 인맥이 없었으며, OriHime를 개발하고도 사용되지 않은 채 1년이 지나려고 했었다.

그러던 어느 날, 와세다대학교의 **'벤처기업가양성강좌'**의 비즈니스 플랜 경연대회에서 우승한 후 심사위원이었던 스다 키미유키(須田仁之) 씨에 이끌려 어떤 사람을 만나러 가게 되었다. 그 사람이 주식회사 리바네스의 마루 유키히로(丸幸弘) 사장이었다.

원래 리바네스사에 가서 만나기로 했었는데 약속한 날에 갑자기 "마루 사장이 아킬레스건이 끊어져서 입원했기 때문에 병원으로 오라."고 해서 병원으로 가게 되었던 것이다.

나는 스다 씨와 함께 도심에 있는 어느 병원의 1인실로 안내 받았다. 갑작스런 입원이었지만 일정을 변경하지 않고 침대에 누워있으면서도 약속을 지키겠다는 마루 사장이 대단한 사람이라고 생각했다. 그러면서 경영자는 진정 이리해야 한다고도 느꼈다.

병실에서 마루 사장에게 OriHime를 설명하려는데, "모레 사원여행이 있는데 그곳에 못 가게 된 것이 유감!"이라고 말하는 것이 아닌가.

"마침 적당한 것이 있습니다!" 하며 나는 지금이야 말로 운명적인 기회라고 직감하고 OriHime를 내밀었다.

"오~오~오~!"

그렇게 분신로봇 OriHime는 리바네스사의 사원여행에 참가하는 것으로 첫 여행을 시작했다.

당시 OriHime의 외장을 이것저것 테스트하고 있었는데, 마루 사장은 강아지인형 모양인 '강아지 OriHime'를 사용했다. 귀여운 외관을 좋아할지도 모른다며 재봉을 잘 하는 친구가 만들어준 것이다. 리바네스 사원여행 당일 마루 사장은 병실에서 PC를 조작하면서 사원이 안아준 강아지 모습으로 여행을 함께 떠났고, 밤에는 사원들 앞에서 힘찬 건배사도 했다.

팔이 없는 대신 꼬리를 흔들일 수 있었는데, 그것을 본 사원들은 "사장님이 좋아하신다!"며 여행 분위기가 고조되었다고 한다. 그 후 회사설명회 때도 마루 사장은 정말로 강아지 모습으로 출석했다고 한다.

"재미있었어! 입원하고 있어도 놀러 갈 수 있고, 일도 할 수 있다! 계속 연결하고 있어서 같이 여행을 간 기분이었어. 이것 참 좋구나!"

나중에 마루 사장을 만났을 때 극찬을 받았다. 그리고 제대로 과제도 받았다.

"그런데 말이야 하나 문제가 있어. 나를 모두가 강아지 취급하는 거야."

마루 사장은 이후 묘조 토모히로(明星智洋)란 의사를 소개해주었고, 나중에 개발에 전폭적인 지원을 해준 스미다구(墨田区)의 하마노제작소와 하마노 게이이치(浜野慶一) 사장을 소개해주었다. 주식회사를 설립할 때 출자도 해주었다.

그때 병실에서의 만남을 떠올리면 우리 둘은 웃음 짓는다.

같은 시기에 마루 사장과는 별도로 **'WASEDA 상품 만들기 프로그램'**을 계기로 신세를 진 교수의 소개로 도내 종합병원에서 OriHime를 쓰게 되었다. 소아과 무균실에서 장기 입원하고 있는 소년이 대상이었다.

감염을 방지하기 위해 소년은 매일 병실에서 혼자 지내고 있었다.

가족이 문병하러 오지만, 그래도 하루의 대부분은 혼자였다. 만화나 게임 등 기분전환 하는 물건들이 많이 있지만 본인은 외로움 때문에 무기력하다고 했다. 초등학생 이하의 아이들은 출입이 금지되어 있고, 형제와도 만날 수 없었다. 그 아이가 사용하면 힘이 되지 않을까 해서 주치의가 '분신로봇'을 가족에게 소개해준 것이다.

담당의사와 가족과 상담하고, 우선 일주일 동안 사용해보기로 했다.

소년의 집에 OriHime를 두고 가족이 있는 시간에는 항상 연결하여 언제든지 모두와 대화할 수 있게 했다. 아침이 되면 소년이 PC를 켜서 OriHime 소프트웨어를 조작하면 가족이 거실에 둔 OriHime도 가동이 되어 가족과 커뮤니케이션이 이루어지는 … 가족이 아무도 없거나 잠자기 전에 어플리케이션을 닫는 사용법을 알려주었다.

OriHime를 맡긴 뒤 나는 불안으로 가득 찼다.

장기간 게다가 어린이가 사용하는 것은 처음이며, 그것도 내가 가장 사용해줬으면 하는 대상이었다. 천장만 바라봐야 하는 그 괴로움은 내가 잘 알고 있었기 때문이었다.

그러나 아무 생각도 나지 않는다. 이 분신로봇이 정말로 고독을 완화할 수 있을까? 혹시 많은 사람들이 지적하듯이 완전히 나의 착각이며 쓸모없는 것인지도 모른다.

병원에 분신로봇을 조작할 수 있는 환경을 설치한 나흘 후에 담당의사로부터 연락이 왔다.

"요시후지 씨. 분신로봇을 사용해서 우리가 상상한 것 이상으로 아이가 매일 즐겁게 대화하고 있어요. 웃는 일도 많아졌어요. 가족들이 일주일 더 연장하고 싶어 하시는데 괜찮습니까?"

인생에서 가장 기쁜 순간 중 하나였다.

그 후에도 "밖으로 OriHime를 데려가도 되나요?" 등 활발하게 사용하고 있다는 보고가 있었다. 그리고 일주일 후에는 다시 연장하고 싶다고 연락을 받고 결국 퇴원할 때까지 계속해서 사용했다.

나중에 그는 인터뷰에서 말했다.

"가족과 함께 TV를 보는 것이 가장 즐거웠어요. 집에 놀러 온 친구들과 놀 수도 있었고요."

가족들로부터

"처음엔 그저 로봇 모양의 화상전화기라고 생각했어요. 그런데 움직이더군요. 아들이 진짜 여기에 있는 거 같았고, 가족 모두가 정신적인 안정감을 얻었습니다."

또한 담당의사로부터도 다음과 같은 기쁜 코멘트를 받았다.

"아무튼 미소가 늘었습니다. 오늘 집에서 이런 일이 있었다고 말해주기도 했습니다. 기분이 회복되어서 건강회복도 빨라진 것이 아닐까요?"

반납된 OriHime의 설명서에는 이렇게 기재되어 있었다.

'고맙습니다. 꼭 다른 사람에게도 사용해주면 좋겠습니다.'

OriHime는 2009년 봄에 개발을 시작했다. 때론 불안에 시달리면서도 내가 원한 것을 만들었고, 개량에 개량을 반복했다. 2011년엔 마루 사장과 장기입원 소년이 첫 사용자가 되었다. 물론 그들로부터 "쓸만하다."는 인정도 받았다. 2년 반이란 시간이 걸렸지만 내가 하고 싶은 일이 틀린 것이 아니었다는 것을 확인하는 순간이었다. 보람과 기쁨을 느끼다보니 자신감이 생겨서 진심으로 달라붙게 되었다.

창업 멤버와의 인연

지금 창업 당시를 돌이켜보며 잘했다고 생각하는 것은 창업하려고 초조해하면서도 바로 회사 등기를 하지 않았던 일이었다. 실은 유우키로부터 "회사를 만들자"는 제안을 받은 후 두 번 정도 등기를 생각했으나 이내 마음을 고쳐먹었다. 만일 그때 등기를 했다면 아마 회사를 빨리 접게 되었을지도 모른다. 그때는 사업이 뭔지도 모르고, 비즈니스 경연대회를 견학하기 전이며, 창업경험이 있는 멤버나 조언자도 없었고,

벤처의 의미 자체를 모르고 있었다. 비교적 '가는 날이 장날이다.'란 말처럼 생각난 즉시 실행하는 성격 탓에 회사가 무엇인지도 모르고, 운영계획도 생략한 채 우선 정관을 만들어서 관할 관청에 먼저 가기도 했었다. 하지만 'OriHime가 정말로 도움이 된다고 확신이 든 후에도 늦지 않겠다.'고 마음을 고쳐먹었다. (사실 회사가 망했다면 즉시 새로 만들었을지도 모르지만.)

회사 창업은 세 명의 멤버로 할 생각이었다.

2010년 유우키로부터 처음 창업제안을 받았을 때, 한 명 더 같이 하고 싶은 후배가 있다는 말을 듣고 함께 했지만 결국 그와 의견이 맞지 않아 반년 후에 결별했다. 또한 그가 빠지면서 들어온 동갑내기 학생은 어느새 다른 회사에 취직했다. 그 후 들어온 멤버도 하고 싶은 일과 다르다며 떠나갔다.

같이 하자고 들어온 사람들이 줄줄이 떠나자 나 역시 정신적으로 힘들었다.

그러다 새로운 창업멤버를 만날 계기가 마련됐다. 2011년 동일본대지진 때 후쿠시마 피해 지역 자원봉사 관련 모임에 참가했을 때였다. 이때 만난 프로그래머였던 한 남자가 우연히도 나의 작업실 몇 집 건너 바로 근처에 사는 사람이었다. 그 사람에게 OriHime 소프트웨어에 대한 조언을 받았다. 그 남자가 "굉장한 솜씨의 프로그래머가 있다."며 소개해준 사람이 창업 멤버인 시이바 요시후미(椎葉嘉文) 씨였다.

하지만 그때까지 다양한 멤버가 들어왔다 떠났기 때문에 나도 신중하게 되었다. 우선 서로를 알아간다는 의미로, 또 장난으로 간단한 장난감을 만들기로 했다. 내가 외장과 회로를 만들고 시이바는 프로그램을 만들고, 3주 후에 각자가 만든 것을 가져와 합치기로 했다.

내가 문득 착상한 것은 로봇에 탑재된 스마트폰의 화면정보를 센서가 읽어내 그 로봇을 움직인다는 장난감이었다. 영상을 만들면 의도대로 움직일 수 있으며, 스마트폰 안의 적당한 동영상을 재생하면 랜덤으로 움직인다. 3주 후 내가 만든 로봇과 시이바가 만든 프로그램을 연계시켜 보았는데 문제없이 훌륭하게 단번에 움직여서 서로 너무 좋아했다. 완전한 오타쿠 두 명이었다.

이렇게 공작을 통해 그의 능력을 인정한 나는 2012년 여름, 유우키가 런던에서 돌아왔을 때 "꼭 함께 창업해주기를 바란다."고 권유했고, 승낙을 받았다. 그리고 2012년 9월 우리 세 명은 회사를 창업했다.

OriHime 파일럿 반다 유우타(番田雄太)

지금 내가 사무실 책상에서 일하고 있을 때 책상 옆에는 한 대의 OriHime가 있다. 강연회 등 많은 사람들 앞에서 말할 때도 언제나 함께 한다. 말을 걸면 나를 보면서 대답하며, 손을 흔들면 자기도 손을 흔들어 준다. 말을 걸면 끄덕이고, 질문하면 답해준다.

"오늘 일정 중 A씨와의 미팅은 어떤 약속이었죠?"

"잠깐만요. 알아볼게요. 지난 ○○ 강연회에서 명함을 교환했고, 한 번 취재하러 오고 싶다고 메일을 보내준 ○○대학교 분이세요."

"아아 그렇죠. 고마워요. '오늘 조심해서 오십시오.'라고 답장 메일을 보내줘요."

로봇이 오른손을 올리고 알았다는 신호를 준다. 곧 내가 컴퓨터에 넣어놓은 메일이 발신된다. 이 분신로봇은 나의 비서다.

AI를 탑재하고, 일을 함께 하고, 같이 놀이 상대도 되는 파트너 로봇….(?) 보기에는 그럴지도 모르지만 결코 AI가 아니다. 내 친구가 멀리서 원격으로 조작하고 있는데, 그는 내 비서로서 OriHime를 회사에 대신 출근시킨 것이다.

조작하는 친구는 분신로봇 OriHime에 탑재된 카메라, 마이크, 스피커를 사용하여 주변을 보면서 소리를 듣고 말할 수 있다.

어디서 작업하고 있는가 하면 모리오카(盛岡)에 있는 병원이거나 그의 집에서다.

그의 이름은 **반다 유우타(番田雄太)**. 1장에서도 언급했지만 OriHime의 파일럿이자 나의 비서다. 그는 4살 때 교통사고를 당했다. 목숨은 건졌지만 척수손상으로 목 아래의 모든 감각을 잃고 호흡기를 장착한 채 쭉 누워 살아야 하는 환자가 되었다. 그 후 학교를 다니지 못하고, 친구를 만들 수도 없는, 그런 요양생활을 20년 이상 해왔다.

지금 그는 인터넷을 통해 OriHime를 조작하면서 매일 회사에 출근하며, 나의 비서로 서류작성과 스케줄 조정, 메일 답신 등을 해주고 있다. 지금까지 3년 동안 같이 활동해온 친구이며, 아마 지금까지의 인류 중에 가장 오랜 시간 로봇을 조작하면서 생활하고 있는 사람일 것이다.

그와 알게 된 계기는 사소한 일이었다. 어느 경연대회에 응모했을 때 일이다. 경연대회 인터넷사이트 출전자 페이지에 나의 활동이 상세히 소개되어 있었으며, 반다는 그 사이트를 지인을 통해서 소개받고 보았다고 한다. 갑자기 보내온 반다의 페이스북 메시지에는 20년 이상 와병으로 입원하여 쭉 누워 있다고 했다. 같은 병실에 있는 아이들이 바깥세상을 보지 못한 채 죽어나가고, 그것을 꼼짝없이 보고만 있다고도 했다. OriHime를 알고 자신도 무엇인가 함께 하고 싶다고 쓰여 있었다.

그의 페이스북 사진을 보고 놀랐다. 그는 이 장문의 글을 턱만으로 쓴 것이었다. 나는 바로 연락하고 회사 OriHime와 연결하여 조작할 수 있도록 했다. 그는 호흡기를 장착하고 있었지만 말할 수는 있었다.

학교란 무엇인지, 친구란 무엇인지, 산다는 것은 무엇인지 등 많은 대화를 하고 있는 사이에 직접 만나보고 싶어 모리오카에 있는 그의 집을 방문했다. 그는 20년 이상 학교를 다니지 못하고, 친구도 없고, 그저 누워서 천장만 바라보고 살아왔다. 무엇인가 하고 싶다고 말해도 아무도 들어줄 수 없었다. 그러나 그는 포기하지 않고 열 살 때 턱으로 펜마우스를 움직여 PC를 조작하는 방법을 익혔고, 인터넷을 통해 외부와의 접점을 만들어냈다.

상식이 부족해 상대방에게 실례가 되는 말을 쓰기도 하고, 긴 문장을 대량으로 보내기도 하지만 그는 살기를 포기하지 않았다. 생명유지 장치에 연결되어 '그저 살게 되는 인생은 싫다. 나는 살고 싶다. 사람은 누구나 자신의 인생을 살아갈 권리가 있다.'는 신념을 갖고 있었다. 한 병실에서 불치병 아이들과 말도 제대로 나누지 못한 채 죽어나가는 일을 그저 지켜볼 수밖에 없었던 억울함이 그에게 사명감을 부여했다.

반다는 지금은 입으로 자연스럽게 말할 수 있게 되었지만, 그 당시는 오래 말할 수 없었기 때문에 채팅으로 매일 이야기를 나눴다. 나는 내가 경험한 대인 극복 경험과 방법을 반다에게 가르쳤다. 반다는 그것을 자기 나름대로 바꾸고, 채팅이나 OriHime를 사용해서 친구를 늘려 나가기도 했다. 어쩌면 그런 행동은 같은 처지의 사람들의 사회복귀에 도움이 되는 선례가 될지도 모른다.

그 이후 함께 강연활동을 하게 되었다. 내가 OriHime의 이야기를 하고 반다가 그것을 조작하면서 강연 장소에 참가했다. 몸 상태가 좋을 때는 그의 목소리로, 상태가 좋지 않

OriHime를 통해 반다 씨가 만난 친구들

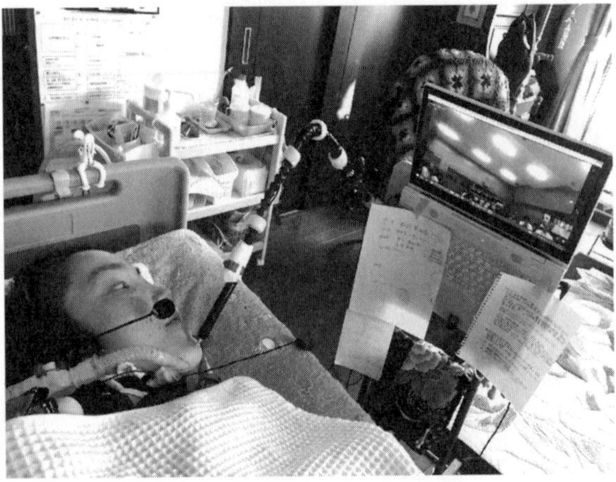

펜마우스를 조작하여 글을 쓰는 반다 씨

을 때는 미리 원고를 준비해 OriHime의 목소리 기능을 통해 OriHime를 쓰는 일에 대해 강연을 했다.

반다는 처음엔 사람과 대화해본 적이 없어 자신감도 없고, 학교를 다니지 못해 남을 가르칠 수도 없다고 말하곤 했지만 그런 반다이기에 전할 수 있는 주제가 더 명확했다. 커뮤니케이션의 소중함과 또 하나의 신체, 분신을 만들 때 필요한 기능에 대해 말할 수 있었다. 20년 이상 누워있어야 했던 와병생활의 경험, 그런 생활을 통해 본 고독한 세계, 그것을 알려줄 수 있는 사람은 그밖에 없었다.

내가 OriHime의 새로운 기능을 만들고, 반다가 그것을 평가하여 개선할 점을 지적한다. 그 반복이 지금의 OriHime의 모양과 디자인, 기능에 반영되었다. 또한 나와 반다의 이인삼각 강연활동은 고맙게도 입소문 등으로 알려지고, 큰 호평을 받고 있다. 강연료도 올라 반다도 돈을 벌 수 있게 되었다.

지금까지 그와 200회 이상 강연을 다녔다. 나도 반다도 원래 낯을 가리는 사람이지만 200회 이상 강연을 함께 하면서 서로 상당히 익숙해졌다. 서로 강연 솜씨도 능숙해졌다고 말하고 싶지만 음~ 그것은 여러분들이 판단할 몫이다.

강연이 늘기 시작하면서 강연 일정을 반다가 담당하게 되고, 일도 늘어났기 때문에 2015년 7월부터는 오리이연구소에 들어와서 정식으로 내 비서가 되어달라고 했다. 매일 사무실에 출근하면서 일을 하고 월급을 받는다. 많은 사람들과 만나고 받은 급료로 어머니에게 옷을 사주고 친구를 대접하고 있다.

돈이 있으면 그도 들것으로 신칸센 고속철도와 간호택시를 이용해서 도쿄에 놀러 올 수도 있다. OriHime를 통해서 만난 많은 사람들이 모이기도 하는데, 반다를 중심으로 회식도 한다. OriHime를 계기로 실제로 사람들과 만나게 되는 일은 내가 원하던 바로 그 모습이었다.

나도 그가 도쿄에 왔을 때 서프라이즈로 점심식사에 초대받고, 몇천 엔 하는 코스를 얻어먹었다. "돈을 아껴 쓰라."고 말했더니, "더 이상 좋은 사용법이 있을까?"라며 빙긋 웃는 그는 좋은 파트너이다.

루게릭병 환자의 고독을 해소하라

우리 친구 중에 '분신로봇 OriHime'를 사용하고 있는 사람은 반다만이 아니다. 1장에서 언급했던 루게릭병이라는 난치병을 앓고 있는 사람들이 분신로봇을 사용하고 개발에 도움을 주고 있다.

루게릭병은 근위축성측색경화증이란 난치병이다. 심각한 근육 위축과 근력 저하가 빠르게 진행되고, 개인차는 있지만 발병 후 3~5년이 경과하면 신체를 거의 움직일 수 없게 되고, 누워 있을 수밖에 없다. 호흡근육도 마비되어 스스로 호흡하는 것도 어려워져 호흡기를 장착할지를 선택해야 된다.

호흡기를 장착하면 연명할 수 있으나 목소리를 잃게 되며, 문제는 의식이나 생각, 통각 등의 감각은 그대로 살아있어 또렷한 채 누워 있는 상태가 되기 때문에 '감금증후군'이라고 불리기도 한다. 어떻게 이런 병이 발병하는지 원인도 모르고, 치료법도 아직 찾지 못했다.

루게릭병과 OriHime의 만남은 2013년 3월, Y씨라는 여성과의 만남이 계기가 되었다.

후쿠시마 자원봉사 때 알게 된 친구로부터 "OriHime를 사용하게 해주고 싶은 사람이 있는데, 조작이 어렵다는 생각이 든다고 해서 한 번 만나주지 않겠어요?"라고 소개를 받았다. 소개 받은 Y씨는 내가 들어보지 못한 루게릭병을 앓고 있었는데 침대에 누워 있었다. 이불 밖으로 고개를 내밀고 있었는데 문제없이 대화를 하거나 웃을 수 있어서 그저 누워 있는 것처럼 보였다. 그런데 그녀의 병은 꽤 많이 진행된 상태였고, 이미 목 아래는 스스로 움직일 수 없었다.

본인과 가족이 원해서 OriHime로 벚꽃놀이를 보러 나갔다. 마침 아파트 밑에 훌륭한 벚꽃이 피어 있었고, 가족이 OriHime를 들고 벚꽃을 보러 가고, 편의점에서 좋아하는 음료수를 사가고 돌아왔다. 어머니와 오랜만에 산책한 기분이라고 가족도 Y씨도 상당히 좋아하고 나도 기분이 좋아졌다. 그런데 그때 Y씨는 모니터를 보면서 목소리를 낼뿐 움직일 수 없어서 iPad와 PC를 사용할 수 없었다. 결국 OriHime를 스스로 조작하지 못했다. 조작할 수 있으면 더더욱 자유롭게 주변의 경치를 돌아보며 같이 있는 가족의 얼굴을 볼 수 있을 텐데….

그래서 Y씨가 조작할 수 있는 방법을 연구하기로 했다. 연구 프로젝트로 멤버를 모집했는데 창업멤버 시이바(椎葉) 씨 대학 친구이며 의수를 연구개발하고 있는 카스야(粕谷) 씨, 오리이연구소에서 인턴으로 근무하는 대학생인 카와니시(河西) 씨, Y씨의 친구인 시미즈(清水) 씨, 그리고 Y씨 본인이 멤버로 참여해주었다.

처음엔 뇌파를 연구하고 있는 친구와 상의한 후 뇌파를 읽어내서 OriHime의 목을 상하로 움직이는 프로토타입을 만들었다. 하지만 연습도 필요하고, 장착하는 센서도 거북하고 어려워 실용적이지 않았다. 그래서 의수를 연구를 하고 있던 카스야 씨가 근육 센서를 만들어 눈이 움직이면 눈 주변 근육의 신경신호를 읽어서 OriHime를 움직일 수 있는 시스템을 만들었다. 그런 다음 Y씨 집으로 가서 Y씨의 얼굴 위에 카메라를 고정시켜 Y씨의 눈과 OriHime를 연결했다. 마침내 Y씨의 눈의 움직임에 따라 OriHime의 목을 좌우로 움직일 수 있게 되었다.

실제로 Y씨가 사용한 날은 4월.

Y씨와 처음 만난 것이 3월인데, 1개월 사이에 멤버를 잘 모아서 프로토타입을 개발하고 사용자 테스트까지 시작할 수 있었다. 인턴인 카와니시 씨도 자주 왔다 갔다 하며 Y씨의 의견을 모았다.

그 후 5월부터 8월까지는 Y씨의 집이 연구실이 되었다. 빈번하게 다니면서 Y씨가 실제로 사용하면서 계속해서 개량을 거듭했다.

'이것이 괜찮지 않을까?'라고 생각해도 실제로 쓰려고 하면 사용하지 못하거나 오히려 신경을 쓰지 않았던 사소한 일로 고마워하는 일도 있어서 실제로 써봐야 알 수 있는 일이 많았다. 무엇보다 Y씨 자신이 너무나 열심히 참여해주어 얻을 수 있던 것이 많았다.

덧붙여서 Y씨는 누님이라고 부르고 싶을 정도로 호쾌한 성격이었다. 언제나 껄껄 웃고 농담을 많이 했다. 어느 날 갑자기 "우리 아들이 학교를 가지 않고 숨어 지내니 말을 좀 걸어 달라."는 부탁을 받고 "네~!? 그러시다면."이라고 대답하고 옆방에 가서 그 아들에게 Y씨가 걱정하신다고 이야기했더니 당사자인 그 아들은 힘차게 "그럼 다녀오겠습니다!"라고 인사하고 나가버렸다. 우리가 멍한 표정을 하고 있으면 Y씨는 "아하하하 속았군!"이라며 크게 폭소하기도 했다.

침대에 누워만 있는데도 골초라서 그렇게 담배를 계속 피워대는 환자는 여태까지 본 적이 없다. 그런데 자신이 누워만 있어 비쩍 마른 모습을 가까운 사람들에게 보여 주고 싶지 않다고 사람과 만나거나 휠체어로 외출하는 일을 피하고 있었다. 그런 일도 있어서 OriHime면 모습을 보여주지 않는 채 친구 집에 놀러갈 수 있겠다고 본인도 기대하고 있었다. 8월에는 고대하던 친구 집 바베큐 파티에 OriHime로 참석할 수 있었다. Y씨는 친구와 대화하고 이야기를 나누고 있었다. Y씨도 친구도 아주 좋아했던 시간이었다.

그러나 그 다음해 Y씨의 병이 더 악화되었다. 호흡이 불안정해져서 실험을 취소하는 일이 많아졌다. 그리고 Y씨를 만난 지 딱 1년 후의 봄, 그녀는 호흡기 달기를 거부하고 영면했다.

Y씨와 우리의 활동을 촬영한 해외의 프로그램이 있다.

그 프로그램 촬영 중에 "왜 OriHime 연구에 참여했는지?"라는 질문에 대해 Y씨는 이렇게 말했다.

"내가 가족과 대화하고 싶었던 것도 있지만, 그 이상으로 내가 참여해서, 나의 경험이, 다른 환자에게 도움이 될 수 있다면…. 그래서 함께 하고 있어요."

Y씨로부터 배운 일은 헤아릴 수 없이 많다.

강력한 응원자의 존재에 도움 받는 나날

나의 공작에 대한 연구는 철저히 현장주의다.

연구실이나 회사에 틀어박혀 아무리 좋은 것을 만들어도 실제로 사용하면 원하지 않는 것이거나 반대로 쓰려하지 않왔던 것인데 사소한 개량으로 큰 호평을 얻을 때도 있다. 반다도 Y씨도 사용자로서 함께 개량해가면서 기꺼이 협력자가 돼주었다.

과제를 찾고, 아이디어를 내고, 만든 것을 사용함으로써 실제로 쓸만한지 판단하고 쓸 수 있으면 그것을 개량해나가는 것을 반복했다.

많은 제조회사들이 '사용자의 목소리를 들어라.'라고 하지만, 나는 듣는 일보다 반응을 관찰하는 일이 중요하다고 생각한다. 실은 사용자 자신도 무엇을 원하는지 반드시 알고 있는 것도 아니다. 그래서 아이디어를 사용자에게 설명하는 과정이나 프로토타입을 사용자가 직접 사용하는 과정을 통해 '아~ 이것을 원했구나!'를 알게 되고, 나도 그 반응에 따라 아이디어가 맞았는지 아닌지도 알게 된다.

Y씨가 돌아가신 후 프로젝트팀을 일단 해산했지만 루게릭병 환자가 '눈으로 또 하나의 신체를 움직이다.'는 콘셉트는 나의 개인 연구로 계속하고 있었다. 침대 위에서 아무것도 할 수 없는, 따라서 사는 것을 선택하지 않게 되는 상황은 **'내가 해결하고 싶은 고독 문제, 그 자체다.'**라고 생각했기 때문이다. 그 무렵 일본 루게릭병협회 멤버를 비롯해 많은 환

자분, 지원자와 관계를 맺게 되었다.

후지사와 요시유키(藤澤義之) 씨도 그중에 한 명이다. 후지사와 씨는 현재 80세. 전 일본흥업은행 회장과 메릴린치 일본증권 회장을 역임했다. 65세 때 루게릭병이 발병했는데, 현재 후지사와 씨는 뺨과 입, 눈을 살짝 움직일 수밖에 없지만 눈동자를 움직이는 것으로 OriHime를 조작하고 있다.

2013년 겨울부터 OriHime를 오랫동안 사용하고 있다.

후지사와 씨의 집이 우리 집에서 가까운 것도 있고 빈번하게 다니며 연구와 개량을 계속할 수 있었던 요인이었다. 후

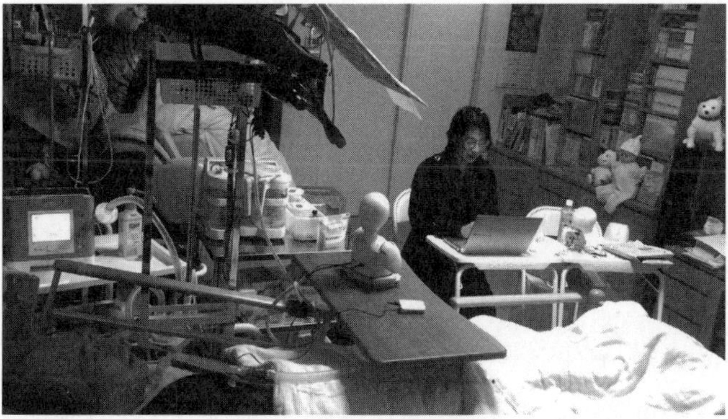

후지사와 씨 자택에서 눈만으로 문자 입력이 가능한 '디지털투명문자판'을 발명했다

지사와 씨가 최고로 원하는 것을 만들면 다른 환자들도 분명히 만족할 것이다. 근육 센서 방식은 환자의 얼굴에 센서를 붙여야 하기 때문에 불쾌하거나 불편하다는 지적을 받았다. 해서 적외선 카메라를 이용한 시선 검출방식의 센서를 모니터에 장착했다. 그렇게 환자가 아무런 이물감도 느끼지 않는 상태에서 눈의 움직임을 읽어내도록 했다.

Y씨 때도 이 방법을 생각했었는데 센서 하나에 수십만 엔이나 들었기 때문에 실용적인 면에서 체념했었다. 그러나 앞으로 시선을 입력할 수 있는 장치도 많아질 것이고 해서 그것을 위해 미리 연구해두는 것도 좋을 것이란 생각에 구입해서 OriHime에 장착했다.

후지사와 씨 집에 손님이 찾아왔을 때 OriHime로 손을 올리거나, 바이올린 연주회에서 박수를 보내거나, 간병인에게 현재 자신의 생각을 지시하는 등 커뮤니케이션이 활발해져서 정신적으로도 좋아졌다고 부인도 좋아했다.

그리고 OriHime 조작뿐만 아니라 문장을 입력하고 싶다고 해서 후지사와 씨 침대 옆에서 직접 쓸 수 있는 프로그램 개발을 1년 정도 반복했다. 다양한 입력방법을 시행착오하면서 '어떻게 해도 입력이 잘 안 된다.'고 고민하고 있었을 때 평상시에 루게릭병 환자와의 커뮤니케이션에 주로 사용했던 '투명문자판'에 주목했다. PC 화면상 키보드를 눈으로 누르기가 어려운데 투명문자판을 프로그램화시켜보면 어떨까…. 이런 발상으로부터 2015년 9월에 태어난 것이 '디지털투명문자판'이라고 명명한 방식이다.

가장 큰 특징은 지금까지의 소프트웨어 키보드는 PC 화면상에 고정되어 있어서 눈으로 누르고 싶은 단추를 선택하는 방식이었는데, **'디지털투명문자판'**은 보고 싶은 문자에 눈을 돌리면 키보드가 화면을 슬라이드 해오는 방식이다. 슬라이드 속도는 자신의 시선 앞에 있는 화면의 중심부터 상하 각각 얼마나 떨어져 있는가에 따라 정해져 있어서, 시선 앞에 있는 목표의 중심에 가까이 가면 속도가 떨어지면서 속도가 0이 된다. 속도가 0이 되었을 때의 문자가 선택되는 시스템이다. "새로운 것을 만들었어요!" 하고 바로 후지사와 씨의 집에 가져가서 사용해보았는데 확실히 문자를 술술 입력할 수 있었다. 후지사와 씨도 쓰기 편한 것 같았다. 나도 그 시점까지 가벼운 실험 정도로 생각했었는데 너무나 확실히 입력할 수 있었다. 이것을 본 후원자가 "특허 받는 것이 좋겠다!"고 외쳐서 일본 국내와 국제특허를 모두 받아 제품화하기로 했다.

그 후 후지사와 씨는 OriHime를 통해서 나에게 조언을 하고, 오리이연구소에도 거액을 출자했다. 지금은 고문으로 참여하고 있다.

우리 회사에는 반다와 후지사와 씨, 2명의 OriHime 사용자가 근무한다. 80세의 고령인데다 루게릭병이라는 난치병 때문에 말하거나 움직일 수 없어도 사람을 소개해주고, 조언 등으로 우리 같은 젊은이들을 응원해준다. 참으로 고맙다. 또한 많은 사람들에게 이런 노동방법과 사회에 참가하는 방법이 있다고 희망을 주는 사례가 되고 있다.

자신에 대한 도전

나는 회사의 대표직을 맡고 있지만 아무래도 다른 사람과 의견이 맞지 않을 때가 종종 있다. 대부분 그럴 때는 철저한 논의를 통해 결정한 것을 선택하지만, 내 의지가 앞서서 논리를 배제하고 **'어떻게든 내 생각대로 하고 싶다.'**고 강하게 생각할 때가 있다. 그럴 때는 근무시간 이외에 내가 하고 싶은 것을 혼자 하기로 했다.

구체적으로는 오전 9시부터 저녁 7까지는 회사업무, 그 후는 내 시간이다. 후지사와 씨와 함께 작업한 '루게릭병 환자의 시선으로 조작하는 프로젝트' 등이 하고 싶었던 일이지만, 의외로 나 혼자 도전한 연구가 후에 회사의 사업으로 합류한 경우도 있었다.

창업하고 반년, 개발에 몰두하던 무렵 대학교 후배로부터 한 통의 메일을 받았다. '모두의 꿈 어워드'에 참가하지 않겠냐는 권유였다.

우승 특전은 2,000만 엔, 결승전 7명의 프레젠테이션의 무대는 일본무도관이며 약 8,000명 앞에서 열린다고 했다. 솔직히 이제 나에게 경연대회는 끝났다고 생각했었다. 그런데 루게릭병 환자의 시선만으로 조작하는 인형 로봇이 8,000명 앞에서 돌아다니면서 인사하면 꽤 임팩트가 있겠다 생각했다. 시대가 변한 느낌이 든다. 이것은 어떻게든 하고 싶다! 고 생각했다.

그러나 이 일은 회사 창업 멤버인 유우키와 시이바에게 "신청하자!"고 말을 하면, "그런 일 할 틈이 있으면 좀 더 견

실한 일을 하자.", "우승할 확률은 몇%인가요?" 하며 싸우게 될 것을 알고 있었다. 비교적 폭주하기 쉬운 나를 억제해주는 신중한 멤버들이 있어서 회사는 도산을 면하고 있는데 이 때만은 꼭 하고 싶어서 몰래 신청했다.

서류심사를 통과하고 2차 심사는 일본재단에 가서 집단면접을 봤다. 가보니 나 이외에 사람들은 모두 양복을 입고 있었다. 나는 물론 검은 백의다. "아! 이건 망했나?" 하고 생각했지만 정색하고 종이를 접거나 검은 백의 자랑을 하는 등 멋대로 했다. 결과는 설마, 나만 통과할 수 있었다. 이 경연대회는 나와 궁합이 맞는다고 확신했다. 그리고 그 확신대로 3차 심사도 통과하여 7명의 결승전 출전자로 남을 수 있었다.

다행히 일본무도관에서 프레젠테이션이 최종 결정되고 나서야 유우키와 시이바에게 그 사실을 알렸다. 둘이 "대단해!", "축하한다."고 해주었다. 나는 좀 더 나서서 말했다.

"이족보행 OriHime를 만들어 아는 루게릭병 환자 분이 조작하는 프레젠테이션을 하고 싶다. 그래서 개발비로 60만 엔을 쓰고 싶다!"

그러자 둘의 안색이 변했다. 바로 유우키가 이렇게 말했다.

"그것을 만들 수 있는 확률은 어느 정도지?"

"왜 이족보행이 필요한가? 지금 OriHime로 이길 수 없는 이유는 무엇인가?"

그래서 둘에게 비밀로 하고 자비로 몰래 개발하기로 했다.

프레젠테이션 준비가 승리의 90%다.

그때까지 '이렇게까지 해야 하는가?'를 관객이나 심사하는 사람들에게 느끼게 할 놀라움을 의식하며 해왔지만, 게다가 나 스스로도 '이 정도까지 하면 괜찮아.'가 아니라 '이렇게까지 해야 하는가?'라는 말이 나오게 하려고 본선까지의 계획을 짰다.

새로운 개발을 정했을 때는 11월이었다. '모두의 꿈 어워드'의 본선은 2014년 2월 중순이라서 제작기간은 3개월밖에 없었다. 제작하는 물건은 23개의 관절을 가지고, 두발로 걸을 수 있으며, 시선으로 원격 조정을 할 수 있는 OriHime다.

시간을 단축하기 위해 나사 외의 금속 부품은 전혀 쓰지 않고 모두 가정용 3D 프린터로 만들기로 했다. CAD를 그리고 나면 나머지는 대부분 기계가 해준다.

3D 프린터로 만든 부품은 소재를 쌓은 방향에 따라 내구성에 강약이 생긴다. 골판지처럼 같은 방향에 힘을 주면 빠

직하고 부러지지만, 두 개를 다른 방행으로 겹치면 충분히 이족보행에 견딜만한 내구성을 얻을 수 있다는 것을 이미 시험으로 확인했다.

마침 그 시기에 오리이연구소에 인턴으로 온 학생이 두 명이 있어서, 그들에게 공작과 로봇경연대회 노하우를 가르쳐 주는 대신에 도움을 받기로 했다. 밤마다 CAD를 그리고 3D 프린터로 출력했다. 그것을 인턴인 와세다대학교 2학년 시마(島) 군이 집에 가져가서 조립했고, 디지털할리우드대학교 대학원생인 이나가키(稲垣) 씨에게는 통신계통을 맡겼다.

개발 초기에는 바로 "이 정도면 되지 않을까요?"라고 입버릇처럼 말했고, 1mm의 차이를 타협하자고 하던 시마 군이지만 함께 작업을 해나가면서 0.5mm 이하의 차이와 외장의 스치는 소리도 그냥 넘기지 않았다. 오히려 "좀 더 이렇게 하면 어떨까요?"라고 입버릇이 변했고, 2월이 되어서는 아침부터 출근했다.

완성한 것이 본선 일주일 전이었다.

나의 2월 주거래 은행의 잔고가 4,000엔이 되어 있었다.

개발이 늦어지지 않은 것만으로는 충분치 않았다. 마음의 준비도 필요하기 때문이었다. 2년 전 200명의 관객인 비즈콘(비즈니스 경연대회)에서도 긴장했었는데, 이번은 8,000명 관객 앞에 선다. 그 생각에 밤마다 무서운 꿈을 꿨다. 그렇게 넓은 곳에서 말한다는 일은 원래 낯을 가리고 사람 앞에 서면 눈과 목소리와 다리까지 떨리는 나에게 이만저만한 일이 아니었다. 옛날 캠프파이어 등의 경험을 떠올리며 긴장하지 않는 방법을 생각했다.

그중 하나로 의상부터 신경 쓰기로 했다. 이때까지의 검은 백의는 꽤 낡았고, 디자인도 느긋한 기모노 풍이라 무대에서 돋보이지 않을 것이라 생각했다. 전부터 만들고 싶어 했던 코트 풍의 백의를 이번 기회에 다시 만들기로 했다. 알고 있던 의상디자이너에게 주문제작을 의뢰했다. 부품이 꽤 많이 필요하고 복잡한 디자인이라고 말하면서도 "이건 오랜만에 재미있는 일이네. 벌써 손이 근질근질 하네."라고 흔쾌히 오더를 받아줘서 2월에는 덕분에 이상적인 백의가 만들어졌다. 이것을 입고 8,000명 앞에 선다고 생각하니 벌써 가슴이 뛰었다.

게다가 많이 사람들이 몰려들어 인터넷 접속환경이 악화

될 것으로 예상되는 대회장 안에서 개발한 지 얼마 안 된 OriHime를 실수 없이 그것도 3대나 움직여야 하는 도전은 꽤 신경이 쓰였다. 답사를 가서 제대로 이미지 트레이닝 해두지 않으면…. 전파 테스트도 할 겸 일본무도관에 미리 견학 가서 머릿속에 이미지를 확고하게 굳혔다.

제한시간은 10분밖에 없다. 만일 단상에서 3대 중에 어느 한 OriHime가 움직이지 않거나 중간에 멈췄을 때, 당일 날 환자의 상태가 악화되어 상황이 바뀐 경우와 시간이 없어진 경우를 위한 대본을 결과적으로 22가지 패턴으로 준비하고 암기했다. 배우인 존슨과 밤마다 발성연습과 쉬어가는 구두점을 반복해서 녹음했다. 그것을 이동 중에 다시 듣고, 꿈속에서도 실수 없이 스피치하는 정도까지 연습을 했다. 녹음을 해서 다시 들어보는 것은 효과가 있었다.

시작 전 보여주는 소개 비디오의 연출부터 신경 썼고, 몇 번이나 무리를 하면서 연출자에게 무대 위의 슬라이드와 카메라 전환 타이밍까지 협의하고 부탁했다. Wi-Fi에 간섭이 생기면 OriHime가 동작하지 않을 수 있기 때문에 대회장 관객의 휴대폰 전원을 OFF로 해달라는 방송을 해달라고 부탁했다.

이제 와서 다시 생각하면 솔직히 유명한 가수도 이 정도까지 주문하지 않는 것이 아닐까 한다. 이 자리를 빌려, 그때 나의 주문에 응해준 대회 운영 스태프들께 다시 한 번 고개를 숙여 감사드린다.

무대 위 스크린에 비치는 슬라이드의 디자인도 항상 상의하고 있는 디자이너인 야무우치(山内) 씨와 여러 번 수정했다. 조작하는 두 명의 환자와도 미팅을 여러 번 하고, 그 옆에 있을 보조 스태프까지 섭외를 해두었다. 그날 이족보행 로봇 OriHime를 조작해줄 환자는 일본 루게릭병협회 부회장(현 회장)인 오카베 히로키(岡部宏生) 씨다. 당일은 이족보행 OriHime의 통신부가 되는 보드 제조업체의 엔지니어에게도 무슨 일이 생겼을 때를 대비해 옆에서 지키게 했으니, 결국 10명이 넘는 지원 스태프와 환자와 한 팀이 되어 출전한 것이었다.

그렇게 준비한 본선 당일 아침 리허설 때 OriHime가 한 대도 움직이지 않았다. 게다가 그것에 신경이 쓰여 대본도 머릿속에서 날아가 버려 리허설이었지만 제한시간이 상당

일본무도관에서의 프레젠테이션을 성공시킨 동료들과

히 초과되었다. 연출자도 화가 났다. 리허설부터 본선까지의 7시간 동안 대회장에 온 스태프 모두가 네트워크 환경을 다시 점검했다. 이나가키 씨는 다른 수신기를 사러 가고 시마 군은 이족보행 OriHime를 해체하고 계속 유지 보수를 하고 있었다.

그렇게 맞이한 본선.

내 순서는 7명 중 마지막이었다.

새로 만든 검은 백의를 입고 등장도 잘 해서 관심 끌기에는 성공했다. 상자를 열면 첫 번째 OriHime가 등장한다. 내가 말을 건다.

그러나 그 OriHime는 전혀 움직이지 않았다.

통신환경의 문제다. 조작하는 환자와의 연결이 끊어진 것이다. 실패인가?… 하며 속으로 낙담하고 "… 실은 이것이 움직일 리가 없어요."라고 움직이지 않을 경우에 대비한 대본으로 넘어가려는 순간, 절묘한 타이밍에 스태프들이 복귀시킨 OriHime가 드디어 움직였다.

"움직였다!"며 좋은 타이밍의 복귀라고 한숨을 돌리며 애드리브를 넣어서 원래 준비했던 대본으로 돌아왔다. 그 후로는 순조롭게 진행되었고, 드디어 3개월 동안 개발한 이족보행로봇을 선보이게 되었다.

사실 원래는 준비한 블랙박스를 열면 이족보행 OriHime가 일어나서 바로 인사를 하는 그런 시나리오였다. 그러나 움직이지 않았다. 움직일지 아닐지에 따라 대본이 바뀌기 때문에 만약 움직이지 않으면 무대 옆에서 시마 군이 NO 신호를 보내기로 했는데 힐끗 보니 그가 없다?

'이것까진 예상하지 못했는데? … 그럼 이제 어떻게 한다지?' 당황하면서 애드리브로 시간을 몇 초 끌고, 움직이지 않을 때를 대비한 대본을 하기로 결심하기 직전, 갑자기 움직이기 시작한 것이었다.

만일을 위해 당일 현장에 와 있던 엔지니어가 무대 옆에서 무대 중앙까지의 거리가 문제가 될 수 있다고 주의를 주었었다. 다행히 시마 군이 포기하지 않고 나에게 가장 가까운 입구까지 안테나를 끌고 왔다. 포기하지 않고 계속 접속을 시도하여 복구한 루게릭병 환자인 오카베 씨와 거기에 있던 스태프들의 공이 컸다. 아슬아슬한 타이밍으로 이족보행로봇 OriHime가 움직이기 시작하고 고개를 숙여서 인사하고 손을 올려서 인사했다.

그리고 질의응답에서는 무사히 3번째 OriHime도 움직이기 시작하고, 애당초 목표로 했던 '루게릭병 환자가 분신로봇으로 8,000명 앞에서 인사하는 실연(實演)'도 달성했다.

문제 투성이였지만 예상했던 문제들에 잘 대처하고 예상 못했던 문제도 극복했다.

한없이 대성공인 프레젠테이션이었다.

결과는 우승이었다.

우승자로 이름이 불리던 순간 의외로 마음이 평온했다. 고등학교 때 ISEF에서 3위 수상했을 때는 그렇게 마음이 복잡했었는데, 이번 '모두의 꿈 어워드'는 여러 스태프들과 함께 최고의 프레젠테이션에 성공할 수 있었던 점에서 우승을 떠나 기분은 최고로 만족하고 있었다.

3개월 만에 해낼 수 있었던 것은, 멤버들과 협조해서 진지하게 힘을 다 하는 일이 이렇게 기쁜 일이 될 줄은 몰랐다. 30여명의 응원단도 대회장에 와서 모두 뛰어나와 함께 좋아서 울며 기뻐해주었다.

우승 특전인 2,000만 엔의 대출권리는 아주 고마웠다.

학생이 350만 엔의 자본으로 만든 회사로 오랜 시간을 연구와 개발만 했었기 때문에 임원 3명은 창업 1년 반 사이 거의 보수를 받지 못했으며, 사무실다운 사무실도 임대하지 못한 상황이었다.

그런 와중에 2,000만 엔은 아주 큰 액수였다. 이것으로 임원보수를 줄 수 있게 되었고, 매일 모일 수 있는 사무실도 마련하고 직원도 한 명 고용할 수 있었다. 여태까지는 동아리 활동 같던 오리이연구소가 회사답게 되었다. 그해부터 베타 버전의 서비스를 시작해 조금씩 OriHime를 전달할 수 있게 되어 매상도 오르기 시작했다.

현재 OriHime는 전국의 여러 특별지원학교, 대안학교, 병원, 해외회사에서 사용하게 되었다. 또 가족과 떨어져 외지에서 근무하는 사람과 원격재택근무 등에도 사용될 정도로 폭이 넓어졌다. 대안학교격인 한 프리스쿨에서 OriHime를 사용해서 은둔형 외톨이를 극복하고 학교로 다시 돌아가게 된 사례도 나오고 있다.

대학의 연구실과 산학제휴, 노르웨이의 루게릭병 환자, 터키의 시리아인 학교, 덴마크 대사관 등 용도도 다양하게 사용되고 있다.

연구소의 멤버도 11명(2017년 1월 현재)으로 늘고, 더욱 확대해나가기 위해 준비 중이다.

에필로그

지금까지 '분신로봇 OriHime'의 활동을 통해 다양한 환자와 만나왔다. 그중의 몇 사람은 영면했지만 나는 그들과 "산다는 것은 무엇일까?"를 자주 이야기했다. 평상시에는 그다지 이야기하지 않는 주제일지 모르지만 내가 천장을 올려다보면서 생각해온 일이 있듯이 그들 대부분도 그것을 생각하고 있었다.

그리고 그것을 집약하면 이렇다.

'산다는 것은 남에게 도움이 되는 것'

남으로부터 받기만 하고 늘 고맙다고 말해야 하는 생활.

나 자신은 아무것도 못하는데 소중한 사람의 손을 빌려야만 살 수 있다고 생각하는 괴로움. 갚지 못할 은혜를 받고 빚을 진다는 괴로움, 남의 얼굴을 관찰하며 떼를 쓰다가도 상대방이 싫증난 표정을 지으면 '아무것도 없는 내'가 어떻게 만회하면 좋을지, 어떻게 사죄하면 좋을지, 어떻게 하면 자신을 싫어하지 않고, 미움 받지 않을지 고민한다. 이 괴로움, 이 고통은 경험한 사람밖에 이해하지 못한다.

나는 덕분에 지금은 은둔 없이 생활하고 있다.

우리가 고령자와 어려운 이웃에게 도움의 손을 내미는 일은 어렵지 않다. 그 일을 기꺼이 하는 사람들도 주위에 많이 있다. 이제 나는 누구에게 감사받거나 반대로 사과를 받아도 '별 신경을 쓰지 않게 되었다.'라고나 할까. 그러나 누군가는 상대방의 기쁜 표정 뒤에 괴로움을 가진다는 사실을 이해했으면 한다. 답례로 무엇인가 해주고 싶다. 그런데 나는 당신께 아무것도 해주지 못한다. 나 자신이 은둔형 외톨이던 당시는 '무엇인가 필요한 것이 있으면 해줄 테니 언제든지 말해요.'라는 말을 초면인 사람에게 듣곤 했다. 그때마다 나는 미안한 마음이 가득했다.

감사는 받기만 해서는 안 된다. 보내기만 해도 안 된다.

뭔가를 받고 "감사합니다!"라고 말하면, 다음엔 무엇인가를 해주고 "고맙다."는 말을 들을 수 있어야 한다. 즉 **'순환'**이 사람의 마음을 건강하게 하는 것이다.

내가 만들고 싶은 것은 로봇이 아니다.

'그 사람이 거기에 있다.'는 가치다.

비록 침대에서 움직이지 못해도 의식이 있는 사람은 '사람들 사이사이에' 사회 속에 있어야 한다. 내가 만들고 싶은 것은 어떤 상태이든 남에게 무엇인가 해줄 수 있는 자유, 그래서 남으로부터의 도움을 언제든지 부담 없이 받을 수 있는 '보통'을 누릴 수 있는 자유, 거기에 있어도 좋다고 느낄 수 있는 그것, 비로 보통의 사회인으로의 참여인 것이다.

사람은 누군가에게 필요해지고 싶다.

필요로 하는 사람이 있고, 필요한 사람이 있는 한 사람은 살아갈 수 있다.

그것이 내가 OriHime 개발을 통해 많은 사람들과 만나고, 지금 생각하고 있는 고독을 해소하는 답이다.

오리이연구소는 영어로 표기하면 'Ory Laboratory'. 오리이는 오리가미(종이접기)로부터 딴 내 별명인데, '~ory'는 '장소'를 표현하는 명사형 어미이기도 하다. 그래서 오리이연구소는 사는 곳, 그곳에 있어도 좋다고 생각하는 장소를 되찾자는 메지지를 담았다.

'분신로봇'은 그동안 가고 싶어도 갈 수 없는, 만나고 싶어도 만날 수 없는 사람들의 '또 하나의 몸'이다. 비록 몸을 움직일 수 없어도 사람과 만나 세계를 넓히고, 죽는 순간까지 인생을 구가할 수 있는, 그런 미래로 이어나가길 바라 마지 않는다.

후기

독자 여러분이 이 책을 어떻게 읽었을지 궁금하다.

나는 솔직히 이렇게까지 일이 커질지 몰랐다.

처음에는 내 이야기를 인터뷰하고 문장으로 정리해서 책으로 만들 것이라고 들었다. 글을 쓰는 일은 잘 못하지만, 평상시 강연과 다를 게 없다는 말에 가벼운 마음으로 그렇다면 하겠다고 대답했는데 결과적으로 모두 바뀌고 내가 처음부터 쓰게 되었다.

예상하지 못했던 일이다.

평상시처럼 SNS 등으로 정보를 발신하는 것과 같은 감각과 요령으로 쓸 수 있는 줄 알았다. 그런데 로봇을 만들고 있는 이유를 쓰기 시작하면서 어렸을 때부터의 일을 순서대로 쓰게 되어 결과적으로 자서전처럼 되었다. 강연이면 상대에

맞춰서 상대의 반응을 보면서 상대방이 원할 것 같은 화제로 바꾸지만 이것은 책. 편집 담당자인 스즈키 나오키(鈴木七沖) 씨와 상의하면서 마치 나카지마 미우키(中島みゆき)의 노래 「이별 노래」의 시작 부분처럼 어두운 이야기로 시작한 프롤로그, 여기서 대부분의 사람들이 살며시 책을 덮는 것이 아닐까? 정말로 이것으로 괜찮은지 이대로…. 걱정하면서 쓴 것이다. 어딘가에 독자의 반응을 보면서 저자가 수시로 내용을 바꿀 수 있는 그런 책은 없을까? 그런 것이 있으면 내가 갖고 싶다.

나는 '정리'하는 것이 가장 서툴다.

세상에는 말이나 논리로 사고하는 사람과 추상적으로 생각하는 사람이 있다고 한다. 나는 완전히 후자 스타일이다. 생각을 문장으로 인코딩하는데 너무나 많은 시간이 필요한 나에게 집필 작업은 꽤 어려운 작업이며, 담당자 스즈키 씨로부터 재촉 받으면서 꽤 많은 시간을 들여 쓰게 되었다.

오랜 집필기간 동안 방이 깨끗해지고, 요리 솜씨가 늘고, DIY가구도 늘고, 스케치북의 아이디어 리스트도 풍부하게 늘었다.

여러분, 그것들이 나의 현실 도피 에너지였음을 아시겠죠?

이 책을 쓰기로 한 이유는 두 가지다.

첫째는 모습이 달라도 미래의 '분신로봇'은 고독과 상관없이 다양한 장소와 상황에서 이용될 것이라고 생각하기 때문이다.

얼마 전까지만 해도 원격조정로봇은 혹성 탐사나, 지진 등의 재해지역, 위험한 곳에서의 조사 등에서 전문지식이 있는 사람들이 쓰던 것이었다. 그러나 OriHime는 보다 가까운 일상생활이나 업무에서 쓸 수 있다.

실제로 요즘 1~2년의 추세를 보면 OriHime가 육아를 하면서 일하고 싶은 사람들의 재택근무용이나, 경영자가 전국의 지점에 분신로봇으로 출근하고, 병원과 침대 등 장소와 관계없이도 많이 사용되고 있다.

지금까지 하나의 몸에 하나의 마음이라는 생각이 일반적인데, 유체이탈을 하지 않는 한 마음이나 감각을 자신으로부터 떼어 낼 수 없었다. 그러나 HND(헤드 마운트 디스플레이)를 사용하여 분신로봇의 시선에서 나를 보면 뇌가 순간적으로 타인처럼 인식하는 일이 있다. 사람에 따라서는 그것이 자신인지 모를 정도라 한다. 그렇게 사람은 처음 정신을 신체에서 분리시킬 수 있다. 무엇인가에 빙의할 수 있다고 이해하면 될 것이다.

지금까지 인류는 발, 차, 비행기를 이용하고 몇 시간 며칠에 걸쳐 몸을 옮겨갔다. 그러나 신체 이동을 일단 놓아두면 정신의 존재를 순식간에 이동시킬 수 있다. 분신로봇으로 자신이 '거기에 가 있다.'는 감각과 주변 사람들도 '거기에 와 있다.'는 감각을 만들어낼 수 있다면 그것은 '갔다'고 말할 수 있는 것이 아닐까? 실제로 OriHime 사용자 중 상당수가 "함께 있었다는 기분과 추억이 남아 있다."고 답변하고 있다. 그 사람이 거기에 '갔다'는 사실이 있으면 신체를 물리적으로 옮겼는지 여부는 중요하지 않게 된다. 그러므로 세계의 여기저기에 자신의 분신을 설치하면 순간이동이 가능하게 된다. 오리이식 '순간이동시스템'이다.

멀리 떨어져 혼자 사는 어머니 집에 매일 15분만이라도 방문하여 대화하거나, 해외여행을 예비 조사하거나, 공부할 마음이 생긴 순간 즉시 우수한 과외선생님과 만날 수 있거나, 유학해서 그 나라의 문화와 문제를 체험하는 일도 가능하게 될 것이다. 그 한편에 자동차도 그렇고 인터넷과 AI도 그렇다. 편리한 기술의 발달은 반드시 새로운 사회문제를 생기게 한다. 악용되지 않는 기술도 동시에 발달시킬 필요가 있지만, 내가 만든 이 분신로봇 연구가 원래 어떤 경위로 진행되었는지 책이라는 형태로 남겨두고 싶다고 생각했다.

태어났을 때부터 선천적으로 장애를 앓아 의식은 있는데 신체를 전혀 움직일 수 없는 아이가 부모의 사랑을 받고 성장하여 학교에서 친구를 만들고, 이야기를 나누고, 추억을 만들면서, 배운 일을 사회에서 활용해서 활약할 수 있다.

2016년 현재, 우리는 그런 가능성을 믿고 연구하고 있는 것이다.

이 책을 쓴 두 번째 이유는 원래 나의 인생설계가 30세까지였기 때문이다.

그렇다 해도 지금이나 앞으로도 플랜이 없는 것이 아니다. 30세를 바라보게 된 지금은 물론 앞으로의 일을 생각하고 있다.

30세까지의 인생 설계를 생각한 시기는 17세 때, '나머지 인생을 고독을 해소하기 위해 쓰자.'고 생각했던 고등학생 때였다. '나머지 인생'이라고 말했지만 과연 그것이 60년인지, 10년인지, 1년인지에 따라 할 수 있는 일은 상당히 달라진다.

"좀 더 젊을 때 많은 일에 도전할 걸 그랬다."고 나이 많은 분들이 후회하는 일이 많다고 한다. 계획을 세울 것이면 자신이 얼마나 시간이 남아 있는지를 생각하는 것은 매우 중요하다고 생각한다.

"오늘이 인생 마지막 날이라 생각하고 아껴서 살아라."는 말이 있지만, 만일 '내일 죽는다.'고 생각하면 투자할 수 없으며, 공부나 하고 있을 때가 아니다. 로봇을 만들지 않고 자원봉사라든가 하루 만에 할 수 있는 '고독 해소법'을 당장 실천하는 일에 쓸 것이다. 인생이 앞으로 1년밖에 남지 않았다는 선고를 받게 되면, 1년 만에 할 수 있는 일을 생각하며 하루하루를 자신에게 소중한 사람들과 아껴서 살 것이다.

10년도 마찬가지일지도 모르다. 끝을 의식해두는 일은 유리하다.

17세 때 나는 남들보다 병이 걸리기 쉬운데다가 나날이 시력이 급속히 저하되는 시기였다. 그때 이미 -12D(최강도 근시)로 콘택트렌즈를 쓰고 있었으며, 안과 의사로부터 "가엾어라."라는 소리를 들었다. 이대로라면 실명하게 된다고 해서 여러 대책을 시도해보았지만 모두 그다지 효과가 없었다.

아무튼 시력을 잃는 일은 곤란하다. 살아 갈 수는 있겠지만 역시 작업효율의 저하를 피할 수 없다. 죽기 전까지 시력이 유지될지 큰 병이나 사고를 당하지 않고 살아갈 수 있을지는 모르겠다. 이제 1년밖에 시간이 없다면 연구를 하기는 어려울 수 있지만 13년이 있으면 무엇인가에 대해 실행할 수 있을지도 모르겠다.

그때 생각하고 이후 계속 의식해온 것이 '인생 30년 계획'이었다.

이 생각이 맞는지는 잘 모르겠다.

무슨 재수 없는 소리를 하냐고 하겠지만 실제 이런 생각을 계속 갖고 있던 것이 사실 후에 다양한 결정을 할 때 도움이 되었다. 앞이 보이지 않고 괴로울 때 학교 드롭아웃이나 창업, 대인극복, 하고 있던 일을 체념할 때, 그리고 야영장에서의 후회 없는 청춘 시절 등 주저하는 일을 없애 줬다. 적어도 나에게는 좋은 일이었다.

이 30년 동안 후회는 없었는지, 목적한 것을 이루었는지 돌아보았다. 아쉽게도 계획대로 순조로운 일만 있었던 것은 아니다. 아직 해야 하는 일들이 많이 있다. 그러나 다행히 그때와 비교해서 건강도 많이 좋아졌고, 2년에 한 번 받는 종합검진에서도 문제가 발견되지 않았다. 시력 저하도 멈추고 있다. 아직 시간이 있는 것 같다.

지금은 새로운 결의로 새롭게 다음 계획을 세우고 '고독 해소'를 향해 활동을 할 예정이다. 내 인생 30년 계획의 이정표로써 이 책을 쓰기로 했다.

에필로그에서 사람은 누구나 누군가에게 필요하고 싶다고 썼다.

'남들과 사회에서 필요하게 되어 그 기대에 답하고 있다는 실감'이 있기에 사람은 고통 없이 다른 사람에게 부탁이나 도움을 청할 수 있다.

나에게 할 수 있는 일은 그것을 도와주는 도구를 만들고 남기는 일이다.

몸이 움직이지 않게 되어도, 아무리 떨어져 있어도, 사람과 만나고 가족과 친구와 같은 시간을 보내고, 고맙다고 말하고, 죽는 순간까지 인생을 구가할 수 있다.

내가 만들고 싶은 것은 로봇이 아니라 그 미래다.

앞서 서두에 추천의 글을 써주신 분들, 함께 한 많은 친구와 동료들, 그리고 새롭게 만날 동료들과 그 미래 만들기를 함께 할 수 있다면 행복할 거라고 생각한다.

2017년 1월 1일

요시후지 켄타로=오리이

이 도서의 국립중앙도서관 출판예정도서목록(CIP)은 서지정보유통지원시스템 홈페이지(http://seoji.nl.go.kr)와 국가자료공동목록시스템(http://www.nl.go.kr/kolisnet)에서 이용하실 수 있습니다. (CIP제어번호: **CIP2017033055**)

나는 로봇 커뮤니케이터 켄타로

지은이 / 요시후지 켄타로
옮긴이 / 권경하

펴낸이 / 조유현
편 집 / 이부섭
디자인 / 박민희
펴낸곳 / 늘봄

등록번호 / 제300-1996-106호 1996년 8월 8일
주소 / 서울시 종로구 동숭4길 9 (동숭동 19-2)
전화 / 02)743-7784 팩스 / 02)743-7078

초판발행 / 2017년 12월 20일

ISBN 978-89-6555-066-2 03830

※ 값은 표지에 있습니다.